La vie adulte

Virginie Mouzat

La vie adulte

ROMAN

Albin Michel

À A.-M. et J.-P.

Je ne m'appelle plus Dominique. Je m'appelle Nathalie. C'est ce que j'ai dit à mon père. Il a dit : « Et pourquoi plus Dominique, ma chérie ? – Parce que maintenant ça sera Nathalie-ma-chérie », j'ai dit. Il a souri. Il sourit facilement. Nous sommes dans la cuisine, en bas. Il est debout. Il reste debout, il me regarde. Il ne répond pas. À cet instant, le temps s'arrête sur lui, sur moi. Il me semble que la cuisine se détache de la maison, dans un espace où rien ne peut remettre en mouvement mon père. Satellite coupé du reste du monde. A-t-il fermé les yeux ? Pleure-t-il ? Je le regarde. Il est gentil. Il est fragile. Il s'absente comme ça de temps en temps, il reste en marge, il est flottant. Pleure-t-il ? Je n'en sais rien. Je le fixe, en face de moi, dans la cuisine, sans défense. Il est debout, en train de me regarder, toujours là, il n'a pas cillé. « Alors Nathalie maintenant ? » Il y a un ma chérie qui flotte quelque part, peut-être en dehors de la maison, dans le jardin crispé sous les derniers froids de mars en marche vers avril, vers Pâques. Un ma chérie qui se traîne comme une bête blessée. Ou peut-être qu'il sautille tel un merle parmi les aiguilles du sapin noir. Je ne réponds pas.

Dans la cuisine peinte l'année précédente en corail, il y a l'armoire à épices dont la porte de verre ne ferme plus. Derrière la vitre, on voit des flacons, tous de la même taille et de la même marque. Dedans, il y a de la poussière d'épices, de la poussière qu'on dirait sortie de la momie d'un enfant mort. Très délicate, beige, brune parfois. Résidus de corps, de cheveux, de petits ongles tendres, traces de nouveau-nés, poussière odorante. Mon père tend la main vers l'armoire, prend un flacon et le secoue dans la poêle. Qui a acheté ces épices ? Lui ? elle ? eux, ensemble ? Un jour, ils se sont dit, pleins d'entrain et de bonne humeur, qu'ils allaient cuisiner à leurs enfants toutes les saveurs du monde, bourrées de senteurs, d'arômes, d'ailleurs. Inspirés, découvreurs, pionniers, ils se sont dit qu'ils allaient révéler à leurs enfants la richesse de ces goûts provenant d'horizons différents, des quatre coins du monde, du centre commercial.

Mon père semble rêveur, planant très loin, comme évanoui sous mes yeux. Il secoue toujours le flacon en murmurant Nathalie. Poussière d'enfant mort, parfum de nourrisson défunt, en suspens dans la cuisine. Les quatre coins du monde. Papa. « Quoi ? » Rien. Il est revenu, l'instant d'une seconde. Il a remis le flacon à la même place, là où il avait laissé un espace dans l'armoire. Lorsqu'il repousse la porte, elle envoie un souffle de senteurs à travers la cuisine. Paprika, cannelle, sciure de muscade, copeaux.

Là-haut il y a mon frère. Il a invité deux garçons de son lycée. Tout à l'heure, ils ont mis de la musique que j'ai entendue à travers le mur de ma chambre. Je suis sortie pour aller aux toilettes sur le palier. Un des garçons est sorti en même temps que moi pour y aller aussi, oh pardon, il a refermé la porte, repli précipité dans la chambre de mon frère. J'ai eu le temps de voir. L'ai-je inventé ? J'ai vu, vraiment vu ? Un garçon, jambes en V par terre, un cendrier, des verres, quelque chose de rose au creux des plis du jean, quelque chose de rose qui sortait de la braguette. Ou était-ce un bout de peau, une main dessus ? Un pansement posé là, à la fourche du jean ? Face au miroir des toilettes, j'ai dit Nathalie, j'ai quinze ans, ai-je pensé, en me regardant dans les yeux. Je suis retournée dans ma chambre. La musique était plus forte. Quelque chose de rose.

Sur le parking de la résidence, en face de la maison, il y a la Ford Taunus de mon père. Lorsque mes parents m'emmenaient en voiture à Paris, le soir, chez mon amie, je voyais la lumière des phares en sens contraire glisser sur la fourrure de ma mère. Elle portait toujours son mink. Elle disait « mon mink ». Les phares laissaient des filaments de lumière dans mes yeux, c'était orange sous mes paupières. Je voyais le contour duveteux de ma mère s'enflammer, son vison parfumé, lourd de senteurs. Elle ne quittait pas son mink lorsqu'elle montait chez ces gens du boulevard Raspail pour me déposer. Le père de mon amie ouvrait la porte et je savais que la première chose qu'il voyait c'était elle, ma mère, dans sa fourrure, en escarpins à boucles et collants, même si elle avait la manie de ne plus porter de collants dès le mois de mars parce que, disait-elle, elle n'avait jamais froid.

Lorsqu'elle partait avec nous me conduire à Paris, parfois elle ne faisait rien d'autre que d'enfiler sa fourrure et rester dans la voiture, sans monter voir les parents de mon amie, ou plutôt son père, car c'était toujours lui seul qui ouvrait. Quand il était là. Elle restait dans la voiture sombre, sans lumières, garée sur le trottoir, dans le noir, et si on regardait des fenêtres d'en haut, on voyait le bout incandescent de sa cigarette à l'intérieur de l'habitacle. Parfois dehors, appuyée sur la carrosserie, comme dans un film, elle tirait sur sa cigarette dont la braise rouge se mêlait aux lumières de la ville, ripant sur les vitres de la Taunus.

Dans son armoire, son vison prenait la place, toujours la même, de l'extrémité droite, là où se bloquent les portes coulissantes en Z. Je suis allée voir son armoire hier. Les cintres vides ont tinté à l'ouverture des portes, carillon délicat. Elle a pris sa fourrure et a laissé quelques vêtements. Pourquoi ne les a-t-elle pas tous emportés ? Là où était accroché son vison, il n'y a plus rien. Mais son parfum m'a sauté au visage lorsque j'ai ouvert son armoire. Il reste le cintre gainé de velours pour que la doublure ne glisse pas. Restent aussi des pulls sur la partie gauche organisée en étagères, comme si là où elle est partie, elle était sûre de n'avoir jamais froid. Dans le fond, est tassé le sac qui contient la robe de velours. La robe pour Irena.

Je revois sous mes paupières les filaments de lumière en suspens, poussières d'étoiles. Flammèches accrochées au poil du vison de ma mère, quand tous les trois nous naviguions vers la ville, vers Paris, pôle absolu de notre vie d'ici, ville dont on disait qu'elle n'était plus vivable et à laquelle on préférait la banlieue ouest où fleurissaient partout des « résidences », promesse d'un american way of life, de l'easy living californien, bordées de maisons avec jardins et piscines qui verdissent pendant l'hiver. Ville pourtant qui nous attirait, et aimantait ma mère, et où, probablement pour l'impressionner, je cultivais l'amitié d'une fille qui habitait boulevard Raspail.

Dans la Taunus, en route vers Paris, je me plaçais au milieu de la banquette arrière. Je prenais en pleine face les phares de voitures en sens inverse, douche de lumière et de vitesse. À gauche, mon père naviguait, tranquille, souple. À droite, le vison de ma mère à la profondeur chocolat, dont l'aura luxueuse s'était depuis longtemps ternie car elle le mettait tout le temps, comme son trench sable dont la ceinture, étroitement nouée à la taille, contenait tout son corps. Ils ne disaient rien. Moi non plus. Nous avions alors en nous une confiance, pour ainsi dire, mortelle.

Mon père, juste avant de partir, m'avait dit que je ressemblais à Anicée Alvina.

J'aimais ce rituel à trois qui laissait mon frère derrière nous. Comme ma mère résistait à considérer Paris comme un événement, braquée à l'idée d'en faire une sortie spéciale, elle refusait d'habitude à mon père le dîner qu'il lui proposait « ensuite », c'est-à-dire après m'avoir déposée. Il disait, « un petit dîner sur la rive gauche ». Elle disait non. Il disait, « quelle snob ! », à voix haute mais pour lui-même. Il était un peu fier d'elle, de ça, de son détachement. Ce qui la faisait sourire, ses cheveux tournés vers la vitre. Mais je sentais qu'elle lui en voulait de le voir si crédule, le méprisait même un peu de le surprendre si bon public à l'égard de Paris. Cette ville qui recelait des femmes, d'autres femmes en vison. Peut-être, déjà, savait-elle. Peut-être, déjà, se préparait-elle à y rejoindre quelqu'un, quelque chose. La possibilité d'une autre existence.

Mon père nous a dit, un samedi matin : « Je vais voir votre mère. Vous voulez lui dire quelque chose ? Je lui fais passer un message ? » Mon frère et moi nous nous sommes regardés, incrédules. Il savait donc où la trouver. Mon père avait à la main un plastique provenant de la supérette, comme s'il était impératif de lui apporter des affaires sur-le-champ, enfournées à la hâte dans le premier sac venu. Une urgence ? Nous étions descendus de nos chambres. Il était en bas de l'escalier. On l'avait rejoint. Et il avait demandé : « Vous avez quelque chose à lui dire ? » Ma mère était partie. Volatilisée. Et nous, mon frère et moi, ne savions pas où elle était. Nous ne savions pas pourquoi. Mon père, son mari, en nous disant qu'il allait la voir, gardait un secret. Je l'imaginais portant son vison nuit et jour, accrochant la lumière des phares sur sa fourrure sombre, jambes nues déjà, comme un oiseau, un merle, rapide, fulgurante, mobile. Mais nous n'avions rien à lui dire. Mon père nous a regardés, a ajouté, « bon j'y vais ».

Je suis remontée à l'étage pour observer la Ford Taunus démarrer sous le ciel gris par-dessus les champs. J'ai vu qu'il avait ouvert la portière passager pour y déposer le sac. Puis il a contourné le véhicule par l'arrière et a démarré. Je me demandais ce que pouvait contenir le sac Franprix qui désormais sur le siège avant occupait la place de ma mère. C'était la première fois que mon père nous disait qu'il allait voir sa femme depuis son départ, un mois plus tôt.

Un soir, il était rentré du cabinet et avait trouvé l'armoire de ma mère ouverte, presque vide. Nous l'avions attendue pour dîner puis nous avions dîné. Tous les trois. Silencieux. Concentrés sur l'attente, anticipant le bruit de la clé dans la porte. Mais rien. Mon père, comme K.-O., avait finalement préparé le repas, hagard, le front plissé, sans un mot, plongé dans un mutisme qui démultipliait l'absence de ma mère. Il n'a donné aucune explication même quand nous avons demandé où elle était. C'était la première fois. Il ne savait pas ou ne pouvait pas le dire. Elle n'avait pas laissé de mot.

Mais plus tard dans la soirée, le téléphone avait sonné. Il avait décroché. Nous étions dans nos chambres. C'était elle qui lui disait qu'elle ne rentrerait pas.

De la cuisine montent des effluves de viande qui cuit dans la poêle. Viande rose. Coupée au couteau à steak par mon frère et les garçons du lycée. Viande fumante, pommes de terre sautées. Coulée de sang mêlée à la chair des tubercules. Couteau à steak. Chair. Je m'appelle Nathalie. Mon frère a désormais souvent des copains avec lui. Mon père cuisine. Comme toujours maintenant. Il y a plus d'un mois que ma mère est partie.

Mon père nous l'a dit au petit déjeuner, le lendemain matin de son départ. Il a dit simplement : « Votre mère est partie. Voilà. » Il avait très peur, je crois, de se prononcer sur la suite. Il n'a rien ajouté. Elle n'était pas rentrée la veille au soir. Le lendemain matin non plus. Son armoire avait été vidée de quelques affaires mais pas totalement. Elle avait téléphoné à la maison ce soir-là. Puis plus du tout. Depuis, c'était lui, mon père, qui nous préparait le petit déjeuner. Alors que depuis longtemps, ma mère avait cessé de le faire. Sur la table, il y en avait plus que d'habitude.

Il a voulu me faire des œufs au plat, je lui ai dit que ce n'était pas la peine. Mon frère a dit oui. Je suis allée dans la salle de bains de mes parents et j'ai vu que ma mère n'avait pas emporté son parfum. Sur l'étagère, il restait son flacon de *Chamade*. Mon père avait-il seulement remarqué que le flacon avait la forme d'un cœur renversé, fermé d'un bouchon en flèche ? Le flacon irradiait. Un liquide or remplissait à moitié la bouteille. Sur l'étagère, restaient d'autres produits de beauté mais lui seul demeurait le maître de l'intimité de ma mère, son Guerlain, éclipsant tout. Elle parfumait la doublure de son « mink » avec. Je l'avais vue faire une fois. Retourné sur l'envers, son manteau gisait sur une chaise près de son lit et ma mère, le pouce bouchant à demi l'ouverture du flacon, secouait son parfum sur le tissu. Qu'est-ce que tu fais ? Je lave mon mink, avait-elle répondu. Et je compris alors comment cette fourrure qu'elle ne lavait jamais, rapportée triomphalement un jour de courses à Paris, impossible à nettoyer, au contraire, se salissait subrepticement, se chargeait à chaque fois d'un peu plus d'elle, de son odeur, des senteurs des villes, de celles de Paris, de l'odeur de la Ford, de Chamade et du parfum de sa nuque où, une fois, j'avais senti ses cheveux pas très propres, une odeur unique, chaude, animale, attachée, me semblait-il, spécifiquement aux brunes.

Je suis retournée à la cuisine. Elle était partie, pourtant mon père faisait des œufs au plat. Et moi je venais d'entrevoir le pouvoir phénoménal des absents.

Ma mère qui n'avait jamais rien fait. Ou si peu. Qui ne travaillait pas et ne voulait pas travailler, ni gagner de l'argent, ni avoir un métier. Oisive et irritable. Ma mère excédée par notre attente lorsque nous retardions l'heure du dîner parce qu'elle n'était toujours pas rentrée, lui signifiant ainsi notre attachement à un rituel répulsif pour elle, ma mère dont on ne savait pas ce qu'elle faisait de ses journées à Paris, lorsqu'elle n'était pas pendant des heures retranchée dans la lecture ou la migraine. Comment avait-elle pu organiser sa fuite ? Avait-elle tout simplement décidé, sur le point d'allumer une cigarette ou au milieu d'un livre, de partir, de tout quitter, ou peut-être, dans une rue de Paris, en plein après-midi, s'était-elle simplement résolue à changer le cours de sa vie en une seconde, traînant dans un café jusqu'à la fermeture, soudain convaincue qu'elle ne rentrerait plus ? Appelant, pour finir, mon père depuis le téléphone à pièces, au sous-sol du bar-tabac. Et lui parlant, déjà loin, sans pleurer. Seule, enfin. Sans hommes et aussi libre qu'eux. Sans plus avoir à s'occuper d'un mari ou d'un enfant.

Elle avait convaincu mon père d'acheter cette maison à l'ouest de Paris, séparée des champs noirs par son parking, un grillage et une nationale. Au mois de février 1973, un peu plus d'un an auparavant. Ils s'étaient emballés pour ce pavillon qui faisait partie d'une résidence de treize maisons. « Non, pas un pavillon, c'est une vraie maison », avait dit mon père. Une vraie maison, c'est quoi ? avais-je pensé en la voyant isolée sur son terrain aux arbres sans feuilles, une vraie maison, avec son entrée tournée comme il faut vers une allée sinueuse qui servait aussi de parking, que mon père allait border de pommiers.

Le jour où mes parents avaient voulu nous la montrer à mon frère et moi, mon père, pas encore propriétaire, n'avait pas osé rentrer dans la résidence en voiture. Il avait garé la Ford Taunus à cheval sur le bas-côté de la route et il nous avait fallu grimper un petit talus d'herbes humides, dérapant sur une terre grasse, et nous agripper au grillage qui protégeait la résidence afin de voir à travers les maillons la maison raide, nue, sans grâce sous le jour blanc, percée de deux petites fenêtres de part et d'autre de sa porte d'entrée qui lui donnaient l'air d'avoir des yeux.

Il m'a semblé percevoir pour la première fois, accrochée au grillage, toute l'ambition du rêve de mes parents, en ce mois d'hiver 1973, la fantastique progression matérielle que cela signifiait pour nous tous. Et là, dans cette maison, nous aurions des chambres séparées, la seule chose qui intéressait mon frère à vrai dire. Ce fut une des rares fois où mes parents me parurent unis dans le même projet, jeunes et gourmands de leur avenir, se regardant, cherchant à nous convaincre, leurs mains bleues de froid crochetées au grillage pour ne pas glisser.

Très vite après le déménagement, il y a eu ce jour quand ma mère m'a forcée à l'accompagner au Franprix, où, rageuse, elle avait tenu à rapporter, caillé dans la casserole où elle venait de le verser, un litre de lait juste acheté là-bas, imposant d'emblée l'autorité qu'elle entendait faire valoir dès ses premières semaines dans ce nouvel endroit. On ne lui infligerait pas ça, pas cette humiliation, en plus du reste. Être une femme qui fait les courses de la maison et dont le lait caille. Bien que lui ayant proposé de l'attendre dans la voiture, je l'avais suivie dans le magasin où elle était entrée, tenant la casserole devant elle par le manche et montrant à la vendeuse la preuve ultime non de la négligence de la supérette mais de son intransigeance de jeune femme belle et avertie, signalant que là-bas dans sa maison individuelle, on, elle, ne se laisserait pas faire. Sur le chemin du retour, elle n'avait rien dit et moi non plus. Nous étions reparties avec un litre de lait gratuit, revanche dérisoire accordée avec lassitude par la caissière. Ma mère me paraissait ridicule, probablement embarrassée elle-même par son geste, aveu d'un statut fragile dont le caractère vacillant venait de s'illustrer à nos dépens car désormais, je sentais que nous étions fichés.

Elle ressemblait à Anouk Aimée, brune élégante au visage aigu, au nez fin et à la bouche mince, les sourcils en accent circonflexe au-dessus des yeux sombres, pas très grande mais longue et mince.

Un jour, nous étions enfants, elle était venue nous chercher à la sortie de l'école mon frère et moi, coiffée d'une perruque. Nous étions passés devant elle sans la reconnaître. Au bout de quelques pas, elle nous avait appelés, en disant les enfants et alors ? Qui était cette mère qui, déjà, cherchait à être quelqu'un d'autre ? Elle qui ne venait jamais nous chercher à l'école, pourquoi s'était-elle déplacée ce jour-là, coiffée de cheveux courts châtain doré ? Nous n'avions pas trouvé ça drôle, nous n'avions pas ri, nous avions dévisagé cette étrangère. Et elle s'était mise à pleurer, défaite, sans doute plus furieuse d'avoir raté son effet que devant nos visages incrédules, tandis que, dans la rue, les enfants pressés nous contournaient, gênés. Elle inaugurait cette habitude d'être toujours jambes nues sous son manteau, agile échassier sur le bitume, dans son trench ceinturé serré, élégante avec rien, à cette époque d'avant le manteau de fourrure et d'avant la maison.

Petite déjà, je percevais son aura froide qui semblait émaner d'un soleil noir. Je savais qu'elle dégageait dans son sillage un éclat étrange. Je voyais les hommes, même accompagnés de leur femme, regarder la masse auburn – c'est toujours ce qu'elle demandait chez le coiffeur, auburn – de ses cheveux souples, son teint presque mat et ses sourcils arqués alors que ses jambes nerveuses déclenchaient toujours la même fierté chez mon père.

Plus tard, il s'est mis à lui rapporter des robes achetées en son absence, qui étaient à sa taille, qu'elle n'avait pas à changer mais qu'elle ne mettait pas. J'ai compris ensuite que, souvent, c'était parce que la vendeuse avait plu à mon père et que c'était sur elle qu'il avait demandé à voir la robe. Elle le savait sans doute et refusait obstinément de lui faire plaisir, d'endosser un vêtement choisi sur le corps d'une autre.

Quand avait-il le temps de faire des courses, de regarder d'autres femmes, de les convaincre d'enfiler une robe pour juger de son effet et l'acheter en disant que c'était pour sa femme ? Quand ? Alors que le cabinet de radiologie qu'il dirigeait ne lui laissait jamais l'occasion de sortir. Plus tard, les rares fois où j'ai accompagné ma mère au centre commercial, je me suis mise à dévisager les vendeuses en cherchant laquelle avait bien pu servir de modèle à mon père, laquelle avait eu la première l'honneur de porter une robe boudée dans l'armoire de ma mère. Comment avait-il fait pour rentrer un soir et offrir à ma mère *Chamade* qu'elle avait décidé de porter aussitôt ? Avait-il demandé à une femme – une de ses patientes ? – quel était ce parfum « merveilleux » qu'elle portait ? S'était-il approché d'elle, totalement captive, en lui disant de ne plus respirer, de ne plus bouger ? L'avait-il senti sur une vendeuse qui essayait une robe de son choix ?

Pourtant ma mère avait accepté ce cadeau. Il était devenu indissociable des cigarettes blondes qu'elle avait commencé à fumer presque au même moment. Une façon peut-être de couvrir ce Guerlain porté à contrecœur. Médusée, fière, je l'avais découverte un soir, renversée dans le canapé du salon, allumant sa première cigarette. La maison s'était alors mise à sentir le tabac chaud comme si enfin se matérialisait l'essence de son rayonnement, preuve olfactive de ce que je devinais lorsque je marchais à ses côtés.

Voilà ce que représentait, posé sur le siège avant de la Ford, le sac en plastique que mon père emportait vers ma mère, dans un endroit inconnu, lui apportant peut-être les cadeaux anciens, les robes laissées dans l'armoire, qu'elle avait toujours refusé de porter.

Deux semaines plus tard, mon père est parti la voir une deuxième fois. Un soir. Puis il est revenu. Sans rien dire, sans faire de commentaires le lendemain matin. Sans livrer aucun détail à mon frère et à moi. J'avais guetté sa voiture sur le parking jusqu'à deux heures du matin, il n'était toujours pas rentré. Je tombais de fatigue alors j'étais allée me coucher. Le lendemain, impossible de savoir à quelle heure il était rentré. S'il était avec elle, vraiment, ou s'il le prétendait, s'il était rentré au moment même où je m'endormais. Il avait pris sa voiture comme chaque matin pour aller à son cabinet de radiologie.

Il continuait à nous préparer le petit déjeuner, et mon frère et moi avons commencé à nous demander quand cesserait ce nouveau confort que nous n'avions pas connu du temps de notre mère. Les deux fois où il était revenu d'aller la voir, nous n'avions pas osé lui poser de questions. Il était toujours gentil, ouvrait les volets de la cuisine donnant sur le jardin, nous faisait partager ainsi l'allongement des jours de mars, le changement de saison, visible sur les branches du magnolia qui sortait très lentement ses fleurs avant ses feuilles. Il me disait toujours ma chérie. Ma chérie, tu veux plus de chocolat, tu ne veux pas essayer du café ? Ma chérie, tu es très belle ce matin, ma chérie, tu as pensé à ton interrogation écrite de samedi, je t'y emmènerai si tu veux. M'évitant le car de ramassage scolaire ou de prendre la mobylette de mon frère pour traverser la forêt. Jusqu'à ce jour où je lui ai dit, « Je m'appelle Nathalie ». Ce qui ne l'empêche pas de me dire ma chérie. Hier, il m'a dit, « tu lui ressembles ». Il a rajouté, « à ta mère. Tu lui ressembles de plus en plus tu sais ». Fleur de magnolia en bouton sur une branche sans feuilles. Il y a comme une minute de soleil en plus dans la cuisine. A-t-il essayé ça sur une vendeuse ? Est-ce qu'il y a des vendeuses qui entendent ça au centre commercial ?

Peut-être est-ce lié à ce jour-là, ce soir-là, il y a deux mois. Mes parents ont décidé de recevoir des amis à dîner. Et dans ces amis, il y a leur amie tchèque. « Les Irena », disent mes parents. Parce qu'elle est tchèque et qu'elle a fui son pays, même si elle refait sa vie avec un ami de mon père, médecin français, c'est elle qui compte. C'est donc son prénom, venu du froid et de Prague, qui fonde l'identité de ce couple. Elle qu'on regarde et dont, je le sais, ma mère écoute l'accent mélancolique et un peu guttural avec fascination. Il y a aussi d'autres amis, huit, dix peut-être. Quelques semaines avant, est-ce la politesse, l'amitié, l'isolement écrasant du jardin qui la poussent à proposer ce dîner à mon père ? Est-ce lui qui pilote le projet parce qu'il sent ma mère s'enfoncer lentement dans l'absence ou au contraire parce qu'il capte une possibilité soudaine, une éclaircie dans son humeur et que c'est le moment, se dit-il, de s'en réjouir ? D'en profiter. Et pourquoi pas de montrer la nouvelle maison. Mes parents n'ont pas fait de pendaison de crémaillère. Mon père a envie de partager avec des confrères la fierté de sa vie. Peut-être que ma mère lui dit non mais il la force alors elle accepte. Quelques jours avant, j'ai senti l'inquiétude monter d'un cran. Un affairement accompagné d'une irritabilité. Mon frère et moi avons été proscrits des parages de la salle à manger dès le vendredi.

Dès le vendredi, la table était mise. Le dîner était prévu pour le lendemain. On percevait, même en passant au large, un périmètre invisible et pourtant palpable autour de la nappe blanche, une sphère infranchissable au sein de laquelle ma mère devait anticiper mille fois le scénario du dîner. Irena serait à sa droite, juste séparée d'elle par un homme, il le fallait. Ou peut-être non, en face d'elle, pour mieux la voir, lui parler, échanger avec elle, par-dessus les conversations des autres, ceux qui ne l'intéressaient pas. Je me demande si ce n'était pas en fin de compte uniquement pour Irena qu'elle donnait ce dîner. Elle qu'elle n'osait pas inviter seule à déjeuner ou à prendre un verre. Parce que Irena avait repris des études de droit et qu'elle n'avait pas le temps. Parce que Irena semblait, du moins à travers ce qu'en disait ma mère, rétive à ces choses de femmes.

Je regardais la table de loin. Émanait d'elle un silence plein d'éloquence, plein de promesses, car je savais que le samedi soir, nous ferions partie, mon frère et moi, de ce décor, lorsque mes parents nous présenteraient à leurs amis, aux « Irena ». Le samedi matin, il a fallu prendre notre petit déjeuner en vitesse et vider les lieux, libérer la cuisine. Ma mère, qui petit à petit s'était démise de ses obligations de préparer le repas, s'est emparée de l'espace. Un civet de chevreuil.

Tout dans ce plat me paraissait exotique. Je ne savais pas ce qu'était le civet. Une partie de l'animal mais laquelle, le récipient, la recette, la façon ? Et puis ce chevreuil. Venait-il des champs d'en face, de la forêt dont j'avais lu l'adjectif « domaniale » sur un panneau ? Était-ce un chevreuil domanial, notion qui dans ma tête conférait à l'animal, et donc à la recette de ma mère, quelque chose de patricien, de royal même ? Elle était allée « le réserver » chez le boucher. L'avait-on tué pour l'occasion ? Dans le frigidaire, la veille, la « bête » marinait. Sa chair baignait dans un jus noir. Le frigidaire aussi était condamné, retranché de la vie quotidienne suspendue. Ma mère officiait, préparait « le dîner », « le chevreuil », « la table ». Le placard à épices grand ouvert libérait un torrent tiède de senteurs mortes. Dans l'espace clos de la cuisine, ma mère bataillait dans la suavité écœurante de la poussière de cannelle, des cendres de paprika, des perles de baies roses. En sommeil dans le frigidaire, la bête pouvait à tout moment se recomposer, se dresser en plein milieu du salon, et pourquoi pas sur la table du dîner, imposant à tous sa grâce farouche, le tranchant de ses bois, son pelage fauve, sa fugacité.

De ma chambre, j'entendais des bruits de casseroles, de vaisselle heurtée. Une odeur commençait à monter, provenant du four chaud et des cuissons anciennes. L'âme domestique de ma mère se révélait avec fracas. Derrière cette obéissance aux convenances, à l'envie de « recevoir », à celle de satisfaire mon père, perçait la révolte d'avoir à le faire, mêlée à l'ambition d'éblouir, avec ce civet qui sentait fort, ce civet dont elle découvrait la recette. Pendant ce temps-là, mon père sur le parking avait décidé d'apprendre à mon frère les rudiments de la conduite. Je voyais par la fenêtre la Ford faire des allées et venues, mon frère au volant. Il y avait des coups de freins, une immobilité prolongée, puis la voiture démarrait brutalement, suivait un freinage brusque. Ma mère les avait encouragés, seul moyen sans doute d'éloigner « les hommes » du cratère de la cuisine. Et puis j'ai entendu des cris, des portes claquer dans la maison, quelqu'un monter l'escalier à pas lourds, la porte de la chambre de mon frère qui a heurté violemment le mur lorsqu'il l'a ouverte, la musique qui s'est déchaînée de l'autre côté de la cloison. Il avait embouti la Ford contre le grillage de la résidence. Mon père avait rapporté dans la cuisine, presque en riant, le cadavre d'un phare de brouillard détaché de la calandre. Ma mère avait hurlé. C'en était trop. Ont suivi quelques heures de silence. La porte de la chambre de liège s'est refermée sur ma mère, nous condamnant à errer et à nous taire, en attendant le premier coup de sonnette. Peut-être celui d'Irena. Et puis elle est arrivée. Elle et son amant. Irena et son accent qui remplissait toute la pièce, elle qui parlait bas, pour capter l'attention de tous.

Irena avait vécu. Ça se savait. Ça ne se disait pas. Ça ne se faisait pas de le lui demander. Chez tous, et surtout chez ma mère, je sentais une sorte de déférence pour ce qu'elle avait traversé, c'est le mot qu'employaient mes parents en évoquant sa vie d'avant, là-bas, à Prague. Lorsque le prénom d'Irena était prononcé, son image m'apparaissait comme sortant d'une frontière plus imaginaire que géographique, un rideau de fumée qu'elle avait « traversé », pour se matérialiser devant moi, devant eux mes parents et surtout devant ma mère, si impressionnée par cette revenante. Avec elle, arrivait jusqu'à nous le mystère, l'effroi, la blessure de l'exil. Et la détermination presque masculine d'Irena de refaire une vie ici dans cette banlieue ouest, signe que mes parents ne s'étaient pas trompés, signe pour tous leurs amis qu'ils avaient eu raison de choisir cet endroit pour y vivre puisqu'elle, Irena, y avait établi son refuge.

Le parfum d'Irena. Et son rire. Et ses cigarettes mêlées à celles de ma mère. Ma mère, après le phare cassé, s'était recomposée. Elle était sortie de leur chambre de liège, leur chambre-forêt, en robe de velours prune, décolletée en V, ceinturée de passementerie noire. Ses cheveux étaient détachés. Elle était belle et il me semblait que ce soir-là, elle le savait. Irena émerveillée par cette robe le dit plusieurs fois à ma mère. Elle portait un chemisier de soie sur une jupe à chevrons. Irena comme ma mère avait ce corps mince, nerveux, dessiné. Lorsqu'ils sont passés à table, je me suis postée dans le salon et je n'ai rien perdu de leurs conversations. Dix fois ma mère a sondé ses invités pour savoir si le civet était bon. Dix fois ils lui ont répondu que oui, c'était formidable. L'avait-elle réussi ? Qu'en pensait Irena ? Lorsqu'elle parlait, les autres se taisaient. Irena faisait de son intelligence une autorité à laquelle tous se soumettaient. Son amant médecin, ami de mon père, était fier de prendre part au destin de cette belle Tchèque, en réalité pas très belle, mais transfigurée par son odyssée. Je sentais à distance l'inconfort où se débattait ma mère de n'être que la maîtresse de maison. Dans sa robe de velours, elle ressassait l'ambivalence et le ressentiment de sa situation, dilués dans le vin rouge, la sauce noire et la confiture d'airelles, ce rôle où elle ne voulait pas briller, confrontée à l'envie d'être l'Irena de sa propre vie, l'Irena de ses origines. Le dîner est passé, son énergie décroissant lentement. J'en ai gardé peu de souvenirs. Mais je me souviens de ce moment spectaculaire et presque violent, observé dans la pénombre du palier. Cet instant où, alors que « les Irena » donnaient le signal du départ, ma mère a dit, « Attendez, attendez une seconde », en se dirigeant vers sa chambre. Dans l'entrée, personne n'y prête attention, les manteaux des invités étant disposés sur son lit. Elle est partie les chercher. Mais elle ferme la porte et ne ressort que trois minutes plus tard. Habillée uniquement de son trench, elle tend à Irena un sac qui contient sa robe de velours. « Je te la donne. Tu la trouves jolie, tu as l'air de l'aimer. Porte-la, c'est pour toi », dit ma mère en la serrant dans ses bras. Irena gentiment refuse et tous sourient. Ils sourient au drôle d'état de ma mère, ceinturée dans son trench et probablement nue dessous. Ils sourient à cet instant, à cette femme en équilibre sur le fil de la générosité et de l'absurde. Mais c'est Irena qui donne le ton à la scène. Irena qui refuse, qui tient bon, de sa voix basse à l'accent magnifique. Son amant est prêt à prendre le sac mais Irena dit non. « Non merci. C'est gentil. Je ne peux pas accepter. » Ma mère a le bras tendu, le sac pend à sa main. Elle est comme statufiée, infiniment seule. On ne sourit plus dans l'entrée.

Le lendemain, mes parents n'ont pas commenté la scène. La robe de velours est restée dans son sac près de la porte d'entrée. Irena a refusé à ma mère l'aumône de sa folie, de son élégance. Sa défroque de maîtresse de maison. Irena ne veut pas faire pitié, ne veut pas qu'on la regarde comme une exilée. Elle s'est bâtie seule, loin des siens. Elle n'a besoin de personne, ni de ceux de Prague ni des femmes de cette banlieue. La veille, tous ont réalisé combien la nouvelle Irena s'était édifiée dans la dureté, dans l'inaccessibilité à la nostalgie. Ma mère s'est adressée aveuglément à cette zone murée d'elle-même. Elle n'a rien compris de son refus. Dans sa chambre de liège le dimanche, elle se ferme à la dureté d'Irena, rejetée vers sa condition de femme au foyer, de femme au civet. Les compliments d'Irena résonnent en elle amèrement. Comme des mots d'homme, mensongers, énoncés peut-être à seule fin de la flatter dans sa position d'objet de désir. Façon de lui dire qu'elle n'est pas celle qu'on écoute, elle est celle qu'on regarde. Lorsqu'elle réapparaît en fin d'après-midi le dimanche, mon père a rangé la cuisine, jeté les restes. Il dit à ma mère, « Mais écoute, il était très réussi ton civet ». Et ma mère a cette façon de crisper les paupières pour qu'au bord des cils se rétractent des larmes. Il m'apparaît alors que si elle avait choisi de ne pas enfiler son peignoir de soie mais son trench, c'est qu'elle voulait, elle aussi, partir ce soir-là avec eux, avec Irena, comme si elle avait été une invitée parmi d'autres, une figurante de son propre dîner. Sans même anticiper sa débâcle finale, le non d'Irena.

Je voudrais qu'il m'emmène à Paris voir mon amie du boulevard Raspail. Tu m'emmèneras ? Un ma chérie qui éclot comme une fleur. Un oui bien sûr qui jaillit, oui bien sûr samedi soir. Tu veux que nous allions faire des courses au centre commercial après ton interrogation, tu veux quelque chose à te mettre pour samedi ? Je t'emmènerai. Ton frère aura des amis à la maison, ça l'arrangera qu'on les laisse seuls. Je t'emmènerai à Paris.

Dans l'immeuble où nous habitions avant, nous étions proches des commerces et de l'école. Ni ma mère ni mon père ne prenaient la voiture pour nous emmener où nous voulions. Dans cette résidence construite en 1968, tout avait été conçu pour l'autonomie, la vie de famille, la sociabilité, le voisinage convivial, les activités autour de la piscine, le plein air, la promiscuité heureuse. Les appartements, avec balcons, s'empilaient dans des immeubles en quinconce, évitant de justesse trop de vis-à-vis. Petite, je partais des heures chantonner dans les couloirs de marbre poli des bâtiments voisins, ivre de l'écho de ma propre voix, jusqu'à ce qu'une voisine ouvre sa porte et me demande fermement de dégager.

Et puis ma mère avait voulu sa maison. Premier indice de son retirement, d'une résistance silencieuse, signal de son étanchéité grandissante à ces gens heureux, à ces femmes mariées, qui, comme elle, avaient deux enfants. Ma mère mettait de la distance partout pour couvrir une détresse qui ne m'apparut pas tant qu'elle était avec nous. Elle voulait sa maison à elle, pas un appartement entouré d'autres appartements. Elle avait convaincu mon père facilement parce qu'il ne pouvait rien lui refuser. Il trouverait quelque chose dans la même banlieue, idéalement située à vingt kilomètres de Paris, à l'ouest. C'était si proche. Si facile. Ils venaient juste d'acheter la Ford Taunus. L'avaient prise praline métallisé. Elle sentait l'Amérique. Ils avaient fière allure. Lorsque la voiture avait été livrée, nous étions allés tous les quatre l'admirer sur le parking – mon frère trouvait qu'un coupé deux portes faisait entrer mon père dans la légende –, certains qu'une nouvelle vie allait commencer.

Elle commença plusieurs mois plus tard, dans la maison face aux labours, la maison aux fenêtres-yeux de chaque côté de la porte d'entrée, avec chambres des enfants à l'étage, à côté de leur salle de bains et d'une grande pièce que mon père appelait son bureau mais dont il ne se servirait jamais. Ma mère avait choisi du liège pour tapisser leur chambre. Mon père avait dit oui à un papier de riz japonais havane pour le salon.

Il a dit oui ma chérie, je t'emmène. Comme il l'a promis, nous sommes allés faire des courses au centre commercial. Je n'ai rien trouvé. Il a absolument voulu m'acheter quelque chose quand même. J'ai dit d'accord et il m'a acheté un sac. J'ai trouvé qu'il faisait vieux. « Quand on a quinze ans, on a besoin d'un sac, il m'a dit, hein ma chérie. Surtout si on s'appelle Nathalie, hein ma chérie. » Un clin d'œil. Il disait ça en regardant la vendeuse. Je l'ai regardée aussi, j'ai surpris leur regard entre eux. C'était elle ? Les robes, le parfum, c'était elle ? Il voulait s'arrêter pour manger, « sur le pouce ». Je n'avais pas envie de m'asseoir. Je n'avais envie que d'un coca. « Et ton interrogation, comment ça a marché ma chérie ? » Pas mal, j'ai dit.

On parcourait les allées de marbre. Partout, dans ces Champs-Élysées des Yvelines, tout n'est que brillance, surfaces réfléchissantes, vitrines, lumière électrique, senteurs de parfumerie, de l'espace traiteur, vêtements, chaussures, télévisions, électroménager. Partout il me semblait que j'étais seule, sans mon père. Mais avec elle, ma mère. Prégnance de son image, de son fantôme en fourrure, jambes nues, à l'angle des allées, dans les galeries, sur une marche d'escalator. Trace de *Chamade*. Pouvoir des absents. Partout, je surprenais une femme qui ne m'aurait pas vue mais que j'aurais suivie, jusqu'à sa voiture puis jusque chez elle. J'aurais découvert par surprise le cadre de sa nouvelle vie. Mon père était là, à mes côtés, je le sentais qui voulait prendre ma main mais je n'étais plus une petite fille, sa petite Dominique, sa petite Dom. Fillette, j'avais reçu une lettre de ma mère, pendant ma classe de neige. Une lettre qui commençait par « Ma petite d'homme ». Je n'avais pas compris, ou si lentement, ce qu'elle voulait dire, le jeu de mots. Peut-être alors s'absentait-elle déjà de son rôle de mère, confiant ma naissance à un homme, son mari, mon père. « Petite d'homme ». Cela m'avait semblé étrange, pas drôle, pas tout de suite drôle, avant que le maître ne m'explique son trait d'esprit. Son décalage, déjà.

J'avançais sans autre but que celui de la croiser, de l'apercevoir quelque part, à l'insu de mon père, absorbé par ses vendeuses. L'attendait-il encore ? Retournerait-il la voir ? Où ? À Paris ? Pourquoi ne pas lui apporter une valise de ses affaires une bonne fois pour toutes ? Pourquoi ne pas en finir avec son absence ? Je sentais qu'elle ne pensait pas à nous. Je ne lui manquais pas. C'était une certitude. Pourtant le centre commercial restait chargé de sa présence. *Chamade*. Vison. Cigarettes. Ici, elle n'avait pas eu besoin de rapporter une casserole de lait. Ici, elle avait gagné tout de suite. Son absence me semblait vaporisée dans l'air conditionné. J'entendais des talons claquer sur le sol et, pensant que c'était les siens, je me retournais. Il y a eu une silhouette, une queue-de-cheval de cheveux auburn, un trench, un pantalon marron. J'ai pressé le pas. Mais elle a disparu dans la pente de l'escalier roulant. Au moment où elle a tourné pour s'engager dans le sous-sol, j'ai vu une frange. Pas elle. Pas elle nulle part. Je regardais mon père. Il n'avait pas frémi. Un ma chérie traînait sur son sourire. Dans le jardin, le magnolia ouvrait ses fleurs lentement.

C'est elle qui a ouvert la porte. Mon père et moi on s'est regardés étonnés parce que d'habitude c'était toujours lui, le père de mon amie, qui ouvrait. Cette fois, c'était elle – sa copine ? sa fiancée ? Mon amie m'avait parlé d'elle. Elle avait rencontré son père quelque temps plus tôt. Depuis plus longtemps peut-être que mon amie ne le soupçonnait. Elle n'avait pas de prénom. C'était « elle », « l'autre ».

La première chose qu'elle a vue c'est moi, mon père était en train de rallumer la minuterie électrique. Voilà, il était 19 heures, boulevard Raspail. Je sentais dans l'air que quelque chose avait changé. Où était le père de mon amie ? Pourquoi était-ce cette femme qui ouvrait ? Mon père a demandé si mon amie était là. Il la regardait. Trois, quatre secondes peut-être. Elle a soutenu son regard. Elle a dit oui puis il a dit, « je vous laisse alors. Je repasse demain vers 17 heures ». Elle a dit d'accord. Et a fermé la porte sur mon père qui voulait dire encore une fois ma chérie avant de me laisser.

Elle m'a demandé lorsqu'elle a fermé la porte : « Nathalie, c'est ça ? » Je n'ai pas répondu. Mon amie est arrivée à ce moment-là, fleur ouverte.

Dans quelle rêverie étrange est partie ma mère, c'est ce que je me demande en regardant le boulevard Raspail par la fenêtre de la chambre de mon amie. Elle dort. Moi pas. La Ford n'est plus là. Personne ne fume dans la nuit. Dans quel rêve s'est égarée ma mère ? En bas, traîne encore peut-être sa trace, l'empreinte laissée par son parfum, par ses talons, ses jambes nues, compas d'un monde dans lequel elle est entrée pour toujours. Un monde sans enfants, où l'on peut rompre d'un coup le contrat familial, où l'on peut cesser en un éclair d'être une mère et choisir d'être une autre, une autre qui n'attend personne. Libre de son corps et de ses sens. Un monde où elle dévisage sa jeunesse en se disant qu'elle en fait encore, à nouveau, partie. Un monde fait pour et par des Irena.

Ce soir, avant le dîner, mon amie m'a parlé d'avortement. La copine de son père « l'a fait », elle m'a dit. Elle « l'a fait. Tu te rends compte ? » elle a répété. Nous l'avons regardée alors plus intensément, sans toucher à nos assiettes. Elle est plutôt belle, elle a vingt-sept ans, je crois. Elle n'habite pas là. Elle est discrète. Distante. Rien sur son visage ou dans sa robe-pull ne suggère qu'« elle l'a fait ». Elle fume et parle avec le père de mon amie, en nous regardant parfois. « Elle ne veut pas d'enfants avec mon père », m'a dit mon amie. « Avec ton père ? » ai-je demandé. « Avec personne ! » a-t-elle répondu, comme une griffure, un geste de chat, en plein dans mon visage.

Ma mère, cette nuit, me tient éveillée. Sa liberté n'a rien d'une disgrâce, je le sens. Sous quel nom se présente-t-elle désormais ? Elle n'est plus la femme du radiologue. Déliée à jamais de sa condition, du rétrécissement de sa vie banlieusarde. Est-ce qu'un printemps se prépare là où elle est, dans la ville où elle s'est absentée ? Je vois de moins en moins son visage mais son allure reste vive, oiseau mobile sur des talons, présence brune, agile et tendue. A-t-elle prémédité son départ ? Une revanche ? À quand remonte cette fatigue décisive vis-à-vis de sa vie, de nous, d'elle en épouse et en mère, qui, en amont de sa disparition, a dénudé violemment l'idée qu'ailleurs c'est mieux ou c'est moins pire ? Qu'ailleurs, elle pourrait faire une autre vie que la sienne. Sur la vitre, dans la buée de ma bouche, je trace son prénom. Ma mère n'est plus qu'une idée. À partir de quand la reconnaîtrai-je comme quelqu'un d'oublié ? Je repense à son manteau de fourrure, je ne la vois que comme ça. Et dans son trench aussi. À quelle seconde a-t-elle décidé de partir ? J'imagine qu'un jour, c'est venu comme un vertige. Ça s'est déclaré à elle, parce qu'une voix a résonné dans sa tête. Elle a penché le front contre la vitre froide d'un café, contre la porte vitrée donnant sur le magnolia, et son souffle a rendu le monde opaque. Son pull et ses cheveux saturés de *Chamade*. Elle avait allumé une cigarette. Et puis elle a plongé lentement, en secret, au-dedans d'elle-même. Son corps mince est resté là, figé, mais son esprit, tout son être en fait, a basculé dans le vide, une formule rêvée, une formule utopique, idéale de la féminité. Immersion progressive dans le silence, dans l'intrigue de sa naissance, dans la question de sa place, dans le fatras des ambitions fanées de son mariage, son « ménage », disait sa mère, dans l'anti-destin que constituaient ses jours et ses nuits. Quel souvenir garde-t-elle de nous, de ce temps maternel qu'elle a décidé de suspendre, d'avant l'étiolement, d'avant la fuite ?

Une nuit, je suis descendue très doucement. Je voulais aller à la cuisine. Une lueur blanche émanait du salon par les portes vitrées. Un blanc lassé. Pas un bruit. Une clarté diffuse, blême, comme une lumière d'aube – ces aubes que je photographiais souvent depuis la fenêtre de ma nouvelle chambre, guettant les premiers signaux de l'est –, mais il était une heure du matin. L'escalier a craqué légèrement. À peine. Je me suis approchée de la porte vitrée et je l'ai vue à travers les carreaux. Elle était là, seule, assise sur le canapé, dans son peignoir de soie rose, les cheveux défaits, le regard perdu dans la mire de l'ORTF qui projetait sur elle cet éclat pâle venu d'un autre monde. Autre monde où elle semblait perdue, en cavale, à la recherche d'un mystère, fuyant les pas du présent, à la poursuite de ses rêves, scrutant de ses pupilles dilatées le film de sa vie. Belle, sans âge, sans limites à cet instant, absolument imperméable, elle collait à la mire, ses yeux plongés dans la clarté, connectée à une sorte d'interlocuteur d'elle seule visible. Je me penchai un peu pour voir si mon père était en face d'elle, à l'autre bout du salon. Je ne vis rien d'autre que la télé qu'elle fixait.

Je l'ai observée quelque temps, j'avais froid, peur que mon père sorte de leur chambre et vienne la chercher, surpris et contrarié, moins de l'absence de sa femme que de ma présence. Je regardais de temps en temps la porte entrebâillée sur leur chambre de liège, tendue de silence, chemin vers leur lit. Un espace noir, au mystère âpre, tapissé d'écorce. Ce liège, comme une épice dans l'armoire de la cuisine. C'était là-dedans, dans cette chambre-forêt qu'ils dormaient, de là qu'elle était sortie, à la rencontre de la lumière. S'était-elle levée avec l'idée d'allumer la télévision car elle s'ennuyait, seule dans la nuit ? J'ai fini par ouvrir la porte du salon, si doucement qu'elle n'a pas tourné la tête. J'ai craint de lui faire peur. J'ai dit maman de façon à ne pas la brusquer. Elle a tourné vers moi son regard sombre et vaste. Elle a dit faiblement tu es là, d'une voix détimbrée. Et comme je restais sans bouger debout, elle a tapoté la place à côté d'elle sur le canapé, m'invitant à la rejoindre. Elle était ma mère.

J'étais fière de l'accompagner dans la nuit. Elle me désignait une place et c'était bien. Mais là, rien n'a changé. Elle a continué à regarder la mire.

Recueillement vertigineux de la nuit cathodique. Je n'osais pas dire un mot. Peur qu'elle s'enfuie. Elle m'avait accueillie mais au fond je la gênais. Car dès que je me suis assise, elle n'a plus fait attention à moi, absorbée par le chenal de lumière, perdue à mes yeux comme si je la voyais s'éloigner de dos, sur un trottoir de Paris. Elle devenait, sous mon attention tendue, une femme sans identité, une femme sans enfants, sans moi. Fondue à jamais dans l'espace dilaté de ce vide nocturne où, seule, elle régnait. Je m'étais dit qu'il aurait mieux valu que je reste derrière la porte, à l'aise pour l'observer.

Boulevard Raspail, les lampadaires placent dans mon champ de vision quelques voitures tardives, des gens, des phares, des allées et venues, mais pas elle, pas elle errante. Son manteau comme la nuit, profond, lourd, souple, enflammé des lumières des voitures, incandescences orange sous mes paupières, donne à son absence une douceur étrange. Douceur de ma mère si isolée, si lointaine, étrangère aux siens et peut-être à elle-même. Elle n'était pas somnambule, ce n'était pas ça. C'est que dans sa nuit, il y avait une autre nuit. Vers une ou trois heures du matin, une porte ouvrait sur un monde, un monde qui était le sien. Une fente par laquelle elle revisitait l'album de sa vie : vieux jouets d'enfance, silence mortel des repas de famille, chat en fuite, nouvelles fleurs, poussière d'enfant mort, cheveux trouvés sur une brosse, vestiges, inéluctabilité de l'échec, résolution de réussir, que sais-je. Seul moyen alors d'être quelqu'un qui n'a pas de peine, qui abolit ses chagrins. Qui ouvrait cette porte ? Mon père, lui, partageait le rythme des gens normaux, ceux qui dorment la nuit et travaillent le jour.

Le lendemain matin, c'était un samedi, nous ne l'avions pas vue se lever. Mon père nous avait dit de ne pas faire de bruit pour la laisser dormir. Lorsque plus tard en fin de matinée elle est sortie de leur chambre, elle m'a regardée comme si je n'avais jamais pénétré sa nuit, sa nuit enchâssée dans celle des autres, nous, comme si elle ne m'avait jamais croisée sur ce canapé du salon, d'où je l'avais observée s'éloigner ensuite, sans destination, bouchon à la dérive, comme si tout cela n'avait jamais existé, qu'il n'y avait pas eu de télévision, comme si la pâleur blême de cette nuit, notre nuit, n'avait baigné qu'elle.

Boulevard Raspail, il fait froid. Le printemps se prépare au creux des heures glaciales. J'entends les craquements de cet appartement que je connais bien. Il y a cette femme qui m'a ouvert tout à l'heure qui dort ici. Le père de mon amie m'a dit, bonjour Nathalie. Il n'a pas dit, alors Nathalie maintenant ? Il m'a dit que c'était joli, n'a pas posé de questions sur ma mère, a pris une douche puis s'est installé au salon et a fumé des cigarettes avec cette femme qui n'est pas sa femme, en nous regardant feuilleter des photos de leur nouvelle maison dans le Sud, où j'irai passer les vacances de Pâques.

Quand les gens disparaissent, leurs pensées s'évanouissent-elles ?

Les vacances arrivent. Je suis impatiente d'aller dans le Sud. Mon père m'a déjà dit, « tu vas me manquer ma chérie ». Il ira peut-être voir ma mère là où elle est. Mon père sera seul car mon frère part également chez « une copine ». Mon père souhaite que nous voyions le maximum de gens, d'amis, que nous fassions des activités, que nous sortions le plus possible. Il est prêt à nous conduire là où nous voudrons car je ne veux pas que ma chérie circule toute seule sur la route il a dit. Cette route qui sépare la maison du reste du village, au bout de laquelle se trouvent l'arrêt du bus municipal et celui du ramassage scolaire. Route où j'ai vu l'autre jour un renard mort dans le fossé, sa fourrure encore chaude, poussé à bout par les chasseurs depuis l'autre côté des champs, qui l'avaient probablement blessé et laissé mourir là. Bête échouée sur une route de ces banlieues bardées de panneaux de signalisation, là où meurt la campagne, où commencent les résidences bétonnées, paysagées, en bordure de nationale, le long des champs, plus tard transformés en golf. Dialogue impossible entre le rural et l'urbain.

En rentrant du lycée, j'ai regardé son poil fourni, ses yeux clos, la quiétude de l'animal, étendu sur le flanc comme s'il dormait. Et puis une voiture s'est arrêtée à ma hauteur et une voix m'a dit, « Je te raccompagne ? ». C'était M. May, de la résidence voisine de la nôtre. Un homme qui ne travaille plus mais qui est sur la route à l'heure du retour du lycée. J'ai dit oui en pensant que j'aurais pu finir à pied mais une bruine s'était mise à tomber, nimbant les champs et les bourgeons d'un spleen bleuté. « Vous l'avez vu ? » j'ai demandé. Quoi ? Non ? Ta mère ? Non ? Bien sûr que non. Elle reviendra. Ma mère ? Non, le renard, le renard mort, là dans le fossé. « Le renard ? Quel renard ? Sur la route ? » il a demandé très vite. M. May revenait du tennis. Il sentait la transpiration, une odeur de douche mal séchée, chaude, Soupline mêlé aux effluves corporels. Il regardait par la vitre pour essayer d'apercevoir le renard mais ne le voyait pas.

« Comme ça, ma chérie ne sera pas sur la route toute seule », avait dit mon père. Il nous avait parlé solennellement pendant le dîner. Il nous avait appelés « les enfants », chose qu'il ne disait jamais jusqu'à maintenant. « Je vais vous inscrire à des activités, des ateliers, des groupes d'amis. Il faut que vous sortiez, que vous vous occupiez. On va s'organiser. On va organiser les samedis pour faire des choses. » Mon frère et moi nous nous sommes regardés sans rien dire. « Réfléchissez à ce que vous voudriez faire. Il faut vous épanouir. » Plus il nous parlait, plus nous avions la tête vide. Poussière d'enfant mort en suspens dans la cuisine. Poussière délicate et parfumée. La porte de l'armoire était ouverte, laissant échapper des odeurs d'épices. Senteurs des quatre coins du monde. Mon père venait de cuisiner notre dîner. Il s'était mis à garder les fiches-cuisine *Elle* que lui donnait sa secrétaire. Avec une grande fourchette de barbecue, il gesticulait en nous parlant. Haricots verts et viande de mouton. Particules végétales répandues sur les tranches roses. Fleurs de badiane, clous de girofle, copeaux de cannelle pareils à des petits ongles, graines d'anis, baies violacées. Derrière la vitre de l'armoire, les flacons d'épices épiaient les gestes domestiques, les heures des repas, la cuisine à faire, à penser, chose que ma mère détestait, face à quoi elle avait fini par décongeler des plats qui sentaient le métal chaud de leur barquette d'aluminium.

Le reste du trajet s'est passé en silence à côté de M. May. Je regardais les champs par la vitre, leur noirceur grasse sous la pluie. Il y avait de la condensation dans la voiture. M. May a mis en route la ventilation qui a envoyé une odeur de tabac froid dans l'habitacle. Ses jambes nues sortaient de son short, s'enfonçaient vers les pédales. Poils blonds, gris, blancs peut-être. Humidité. Plis à la fourche de son short. « Il pleut, je vais te déposer devant ton portail. Ton père est rentré ? Je vais te déposer. » J'ai dit non, non, je vais descendre là. À l'entrée du lotissement, la route se sépare en deux voies, celle de gauche conduit à la résidence de M. May, celle de droite va chez moi. « Non, non, tu es sûre ? » Oui, j'ai dit, déjà j'ouvrais la portière. « Tu pars pour les vacances de Pâques ? Vous partez ? » J'ai dit oui, « dans le Sud », avant de claquer la portière, ma voix prise dans le vacarme d'un camion qui passait sur la grand-route. Il a dit encore quelque chose à travers la vitre, ses lèvres formaient des mots accompagnés d'un geste de sa main droite, son visage penché vers la portière passager, déformé par les gouttes de pluie sur la vitre. Par la porte-fenêtre de sa maison postée à l'entrée, le gardien m'observait. Dès que j'ai eu tourné la tête, le rideau est retombé. Pelage du renard mort, sa fourrure mouillée, collée par la pluie. Une bête pourtant rusée, figée par une décharge, couchée comme un chien, sa sauvagerie de rôdeur à jamais perdue, invisible à ceux qui passaient par cette route en voiture. Il fallait marcher pour le voir, marcher en rentrant du lycée, le long du fossé, mon sac US raclant le sol. Il fallait être aux aguets, observer cette fausse campagne, ce mélange hésitant qui caractérise cette banlieue ouest, obligeant ceux qui y habitent à prendre la voiture en toute occasion alors que c'est ce qu'ils croyaient fuir en venant s'installer là.

J'avais senti ma mère déçue graduellement à mesure qu'elle réalisait l'isolement de sa nouvelle maison. Déçue et impatientée. Elle avait commencé par nous accompagner mon frère et moi dès que nous devions nous déplacer puis avait progressivement cessé, exaspérée d'avoir toujours à prendre la voiture. Très vite, ma grand-mère avait offert à mon frère sa première mobylette. Il m'avait confié que les trépidations de la selle provoquaient chez lui, les premiers temps, des érections suivies d'éjaculations répétées. Puis il avait rougi, s'apercevant qu'il me parlait, à moi, sa sœur de deux ans sa cadette, deux ans, autant dire un gouffre. Au moment d'enfourcher sa mobylette, j'avais été un peu dégoûtée.

J'empruntais à pied la route jusqu'au carrefour et l'arrêt du ramassage scolaire à des heures différentes. Un kilomètre que rien ne protégeait, ni de la chaleur car il n'y avait pas d'ombre, ni du vent qui balayait les plaines plantées de blé et de maïs. C'était une route orpheline, droite et sans surprise, que seuls ceux qui habitaient les deux résidences parcouraient pour rejoindre le village, roulant au milieu de la chaussée, lentement, en savourant cet hybride de campagne. C'était sur cette route que j'avais découvert l'été d'avant les interminables crépuscules de juin dans les blés.

Avant que nous déménagions ici, l'ancienne résidence, aux immeubles en quinconce et appartements avec balcons, était proche de l'école où nous allions mon frère et moi. À pied, nous traversions le dédale paysagé d'un parc, une sorte de jardin pour enfants, semé d'aires de jeux, de toboggans et de bosquets, traversé d'une allée goudronnée. Mais ce qui devait être un espace réservé aux enfants était devenu une véritable artère, une coulée que traversaient jour et nuit des tas de gens, découvrant par ce parc un formidable raccourci vers le centre-ville, l'école et les magasins. Matin et après-midi, je suivais cette voie sinueuse, m'intéressant à peine aux éléments de jeux bariolés, réservés aux « petits ». Je me croyais grande alors que c'était encore l'âge où le cartable dépasse des épaules. Un homme m'a abordée gentiment sur le chemin un après-midi. Quelques minutes après, j'étais assise à côté de lui, dans l'herbe, derrière un assemblage de volumes colorés percés de trous par lesquels se glissent les enfants. Mais il n'y avait personne. Pas d'enfants, pas de cartables jetés par terre pour s'amuser vite, tout de suite, en hurlant pour rien, juste parce qu'un enfant ça crie en jouant. Il n'y a que moi et cet homme qui sort son sexe de son pantalon. Il me parle très doucement. Sa voix est tendre, magique. Sa main droite va et vient sur son sexe, il continue à parler. Il me semble que je suis complètement absente et pourtant ce sont bien mes jambes et mes souliers que je vois devant moi. Je n'ai même pas enlevé mon cartable. Il est dans mon dos, me sert d'oreiller en quelque sorte. Car tout se passe dans un état de léthargie hypnotique. La main gauche de l'homme me prend la main et la pose doucement sur le bout de son sexe. Je suis surprise par sa douceur, sa teinte. Il y a bien quelque chose qui m'avertit de fuir mais je ne sais pas quoi.

Lui aussi s'est figé dans un état de sidération, devant son sexe, devant mes petites jambes, à côté de moi qui ne dis rien, moi qu'il a réussi à inviter dans son monde, sa douleur, son secret. Il ne me parle pas, il se parle à lui-même, adresse à son sexe d'homme des mots gentils, comme à un doudou, un chaton. Cet homme est un enfant perdu. Un enfant comme moi. Dans ma tête, je me vois déjà sur le chemin, repartir, mon cartable plus grand que mes épaules sur le dos. Alors je me lève. Tout simplement. Et je rejoins sur le goudron l'image de moi-même qui a pris quelques mètres d'avance. L'homme me parle, veut me retenir. Mais il n'ose pas sortir de notre cachette pour me suivre. J'ai vécu quelque chose, je le sais. Mais je ne sais pas ce que j'ai vécu. En rentrant à la maison, je ne dis rien. Ma mère est avec trois amies et elles jouent au bridge. J'adore ce mot anglais. Je m'en gargarise. J'ai l'impression de connaître une langue étrangère, d'en posséder toute la science en un simple son. À l'époque ma mère ne fumait pas encore mais ses amies si. Les cendriers sont pleins. Elles en sont à un stade du jeu où elles ont la paresse de se lever et d'aller jeter les mégots. Je suis si fascinée par les formules du bridge, son vocabulaire, « faire le mort », « je passe », que je me poste là à regarder ma mère sans oser déranger. Alors, que peut bien valoir ma main sur le membre d'un homme ? Rien. Rien, c'est tout.

Il ne reste plus que quelques jours avant les vacances de Pâques. Je retournerai dormir boulevard Raspail samedi soir puis nous partirons le dimanche matin pour le Sud. À l'aube.

Mon père a décidé de rester seul ici. Je trouve ça un peu triste mais il ne veut pas prendre de congés. Il m'a dit, «Je vais peaufiner mes recettes pour être prêt quand vous rentrerez. Je vais vous faire découvrir plein de choses nouvelles ma chérie». J'ai dit très bien même si je ne voyais pas pourquoi il refusait de constater que mon frère et moi étions de moins en moins là et que nous pouvions nous débrouiller seuls. Il comptait se mettre à la cuisine asiatique, «et ça ne s'improvise pas, ça, ma chérie», avait-il ajouté. Il commençait à s'intéresser aux bonsaïs car il avait découvert une nouvelle boutique au centre commercial qui vendait des ficus miniatures.

J'avais décidé que je prendrais des cours de photo

le samedi après-midi, avec mon amie à Paris. Elle y était inscrite depuis le début de l'année et avait convaincu le professeur, avec l'aide de son père, de me faire admettre en cours d'année dans les mêmes sessions qu'elle. Mon père était heureux, il semblait presque soulagé – de quoi ? Mon frère avait également trouvé comment occuper ses week-ends, partant régulièrement à Trouville avec une nouvelle fille. Elle n'était jamais venue à la maison mais mon père disait déjà qu'il allait lui préparer un plat asiatique pour quand elle viendrait, après les vacances de Pâques, afin de la remercier, elle et sa famille.

Mon père allait être seul et j'imaginais son quotidien, dans la familiarité douçâtre du placard à épices, cuisinant pour lui ce qui serait pour nous, avec autant de sérieux et d'application que lorsqu'il faisait des radios. Une fois, il m'en avait fait une. Du sternum, dont nous pensions qu'il avait été cassé lors d'un exercice en cours de gym. Dans une extension formidable de mes deux bras en croix pendant un enchaînement, j'avais entendu un craquement dans ma poitrine puis j'avais très vite éprouvé du mal à respirer, une douleur diffuse à chaque inspiration. Mon père m'avait fait une radio le soir même, à la sortie des cours où il était venu me chercher. Il m'avait dit de retirer le haut et j'étais restée en soutien-gorge et pantalon. Il avait ajouté d'enlever le soutien-gorge aussi. J'avais froid. Un léger renflement au niveau du bréchet était apparu en quelques minutes. On sentait facilement cette masse délicate et dure sous les doigts. Il a enfilé sa blouse blanche dans son cabinet réfrigéré puis m'a demandé de ne pas bouger, de ne plus respirer. J'étais glacée, crispée. Mon père a sorti la tête de la cabine en me demandant si vraiment j'avais arrêté de respirer. J'ai répondu oui mais je n'y arrivais pas. Il est venu vers moi et m'a dit de respirer calmement, me posant la main sur l'épaule, me la passant dans le dos en me disant ma chérie. Me parlant très doucement. Douceur hypnotique. Paroles d'homme. Je sentais le métal froid des instruments au contact de ma peau, son attention et sa chaleur opéraient un contraste saisissant. Il tremblait un peu lorsqu'il a ajusté le métal contre ma poitrine. Il m'a dit : « Tu es belle ma chérie, une vraie belle fille qui n'a peur de rien, hein ma chérie », en me regardant dans les yeux cette fois. J'ai souri. J'ai souri à cet homme qui était mon père. Qui était venu me chercher à la sortie du lycée afin de s'occuper de moi. J'ai souri à cet homme en blouse blanche, le seul qui m'ait jamais vue nue.

Ma mère était partie passer la journée à Paris. Elle le faisait de plus en plus souvent et ne rentrait que le soir. À son retour, mon frère et moi la sentions chargée d'images, de sons, de noms de rues que nous ne connaissions pas, où elle avait marché au gré de ses courses, du programme qu'elle s'était fixé en secret. Elle ne disait presque rien de ces journées. Nous savions qu'elles étaient spéciales. Son mari, volontairement, ne lui posait pas de questions non plus, en tout cas pas devant nous. Elle rapportait des livres. « Des livres que j'ai commandés il y a déjà quinze jours », disait-elle, comme si la confidence était exceptionnelle, façon de nous opposer, au moment où elle nous retrouvait, que le secours, le réconfort, le sens du monde, les bornes de son paysage mental provenaient non pas de nous, sa famille, mais de ses livres. Et en effet, elle empilait parfois une dizaine de volumes qu'elle posait, fière, conquérante, sur la table de la salle à manger, attendant que nous nous y intéressions. Nous savions, c'était un avertissement, qu'elle justifiait ainsi son droit à s'enfermer pendant des heures dans sa chambre, plongée dans la lecture, qu'elle faisait alterner avec France Inter – elle disait « Inter. J'ai entendu sur Inter. Allume Inter… » –, au moment de son émission préférée le dimanche soir, où là encore, on parlait des livres qu'elle commandait ensuite à la librairie parisienne, « le seul endroit, disait-elle, où ils me comprennent ». Elle lisait comme une drogue, pendant des heures, dans sa chambre, leur chambre, porte fermée.

Ces jours-là, mon père nous enjoignait de parler bas pour ne pas la déranger. Il débranchait le téléphone parce qu'il savait qu'elle dormait aussi derrière la porte fermée. Elle lisait et dormait. Ne faisait rien d'autre. Comme si le monde, notre monde, les bruits familiers, le placard aux épices, le jardin décoré d'immenses tilleuls qui ont vite assombri le périmètre où ils avaient été plantés – rendant finalement impossible la construction d'une piscine sous leur frondaison à cause des feuilles et des fruits qu'ils perdaient, « ou alors il faut les abattre », avait dit le constructeur de piscines –, le silence même de ses enfants à l'étage, le crédit sur quinze ans contracté par mon père pour rembourser l'achat de la maison, la route vers l'arrêt du ramassage scolaire, la probabilité d'un sexe rose au creux d'un jean, l'envie qu'avait mon père de cuisiner pour la « décharger » – de quoi ? de qui ? –, tout, toute la vie, toute la vraie vie lui était impossible, comme si la simple réalité de nos existences ne suffisait pas à la contenter, la plaçant de fait en état permanent d'apesanteur, en sursis d'un mieux à venir. La maison était anesthésiée, captive de ses rêves, en apnée jusqu'au moment où elle ressortait de sa chambre, en général peu avant l'heure du dîner, engageant à regret une guerre avec le quotidien, pour nous préparer en boudant un repas passable, pour pallier les manques de la femme de ménage et recenser le frigidaire en vue du prochain Franprix.

Plusieurs mois avant qu'elle ne parte, mon père avait décidé que la cuisine lui réussissait et avait proposé à sa femme de préparer lui-même quelques-uns de nos dîners. L'idée lui en était venue un dimanche où ma mère avait refusé de cuisiner, pour mieux se consacrer à son émission sur Inter, retirée dans sa chambre. Mon père avait découvert qu'il était doué et inventif, que ce n'était pas si compliqué et que cela le détendait. Il était fier de lui, fier d'être capable de ménager à sa femme une zone de confort tout en donnant à l'affaire un ton joyeux.

À trois dans la cuisine, hors de la présence de ma mère, nous appelions cela « faire l'anarchie ». Faire l'anarchie, c'était nous nourrir en dehors d'elle, à l'abri de son regard, de sa tension permanente et de sa nouvelle phobie de la viande et des produits animaux. Le suspens assourdissant où elle nous plongeait pendant ses heures de lecture et de sommeil nous obligeait ainsi à penser à elle, à nous inquiéter de nos gestes, silencieux pour la laisser tranquille. De cette façon, elle a commencé à fuir, à nous avertir. M'interroger sur le sujet de ses pensées et de ses rêves, sur la faculté réparatrice de ses siestes devenait obsédant. Mais que s'agissait-il de réparer ? Avait-elle été abîmée, par quelque chose ou quelqu'un ? nous ? son mari ? Y avait-il des torts dont nous ignorions tout et qu'elle nous faisait payer, agissant de telle sorte que n'importe quel étranger rentrant dans la maison à ce moment-là aurait pu croire à une mort, un drame, au deuil silencieux de ma mère ?

Un soir, le téléphone a sonné en bas dans l'entrée. Il était tard. Je me rappelle l'avoir entendu dans un demi-sommeil. Un appel venu de la nuit, du dehors, du lointain. Venu des peurs anciennes. Ça sonnait encore et encore, mon père allait répondre, j'en étais sûre. Mais que faisait-il ? Depuis combien de temps ce téléphone sonnait-il ainsi dans la quiétude de la maison ? Vigile de nos frayeurs, tocsin d'un au-delà qui tire les vivants de leur lit. Le téléphone a cessé. Plus rien. Un grand silence qui reprend ses droits, nappe entièrement la maison. Pourtant, je sais qu'il veille. Que mon père veille. Il a répondu à cet appel et cela le laisse exsangue. Lorsque je descends l'escalier, je le vois sous la lumière de la lampe, assis à côté du meuble du téléphone, dans l'entrée. Il pleure silencieusement, recroquevillé, immobile, sans un spasme. C'est la première fois que je vois des pleurs d'homme, des pleurs de père. Je le vois enfoui dans la douleur, enfoui dans la nuit. Le chagrin l'a tout entier recouvert d'une couche de sel. Lorsque je touche son épaule, il relève la tête et j'entends « … morte ». Il reste assis. De sa place, il entoure ma taille de ses bras, appuie sa tête sur mon ventre. J'ai le vertige. Mon sang reflue. J'ai froid. Mon cœur s'emballe. J'ai peur. Je ne sais pas si c'est bien, si c'est une bonne nouvelle, l'enfer qui commence ou une délivrance. Je dis « Morte ? Morte ? », sans le croire et déjà dans l'après. Mon père lève la tête, et il me dit, « Oui, sa mère est morte cette nuit ». Alors je pleure enfin. Et peut-être pour la première fois depuis que ma mère est partie.

Je passe mes bras autour de ses épaules et nous dérivons lentement dans la nuit, dans le noir. Mon frère ne s'est pas réveillé. Nous ne disons rien. Nous pensons la même chose. Que va faire ma mère ? Le sait-elle seulement ? Déjà la morte n'a plus d'importance. Plus forte que sa disparition, il y a celle de ma mère qui supplante tout. Nous le savons. C'est ce que notre silence signifie. C'est à elle que nous pensons. C'est à elle, je le sais, qu'il pense. Il pleure parce que c'est de sa femme qu'il s'agit. Il pleure parce qu'il l'imagine seule, orpheline désormais. Je pressens à l'instant qu'il cherchera à la voir. Il desserre ses bras, se relève, s'est repris d'un coup. Il me dit, « Il faut que j'y aille. Il faut que j'aille le dire à ta mère. – Pourquoi tu ne lui téléphones pas ? » je demande. « Je ne sais plus où la joindre. Elle ne répond plus au numéro de téléphone que j'avais. » Je n'en reviens pas. C'est ahurissant. Depuis combien de temps retient-il cet aveu ? Depuis combien de temps a-t-il perdu sa trace et nous le cache-t-il. C'est là sans doute la véritable raison des larmes de mon père. Son impuissance. Sa dissimulation. Incapable de dire la vérité. Incapable de mentir. Où est-il parti chaque fois qu'il prétendait aller voir ma mère ? Il y a eu deux disparitions. Le jour où elle n'est plus rentrée. Et cette nuit même où mon père a reconnu qu'il l'avait perdue.

Pourtant, bizarrement, c'est à ce moment-là que j'ai cru ma mère sur le point imminent de sonner à la porte, là, dans le dos de mon père, à l'instant précis où il avait avoué, à la minute où il se préparait à la chercher là où il l'avait vue la dernière fois – un bar ? un appartement ? au centre commercial ? Elle pouvait revenir maintenant, je le sentais. Je ne voyais ce retour possible que de nuit, preuve que tout cela n'était qu'un rêve, une initiative vaine qui s'achèverait avec l'aurore. Naufragée, portant sur elle l'immense fatigue d'être une femme sans homme, et pourquoi pas repentante, bien qu'ayant vécu quelque chose d'extraordinaire. D'extraordinaire et caché. Mais non, on ne sonnait pas à la porte et déjà mon père avait disparu dans la chambre pour se préparer à sortir. Étrangement, je sentais que ce n'était pas de peine qu'il s'agissait. Mon père n'allait pas consoler ma mère lorsqu'il la retrouverait. Là où elle était, elle ne pleurait pas j'en étais sûre. Non, c'était pour lui l'occasion de redonner un sens à sa quête, son attente. Il était décidé à la faire revenir chez nous, comme s'il avait deviné brusquement où elle pouvait être, comme si le chagrin lui avait redonné corps, avait pu la convaincre que les larmes se partagent en famille. Profiter de sa faiblesse et la ramener vers nous, vers le magnolia, vers la promesse que le jardin semblait vouloir tenir, tant mon père voyait dans le périmètre entourant la maison le royaume réservé, inviolable et promis, de sa femme. Il avait perdu sa trace mais il était résolu. Il repartait la chercher dans le noir, sans savoir où. Déterminé, prêt à en découdre avec la nuit à bord de la Ford Taunus, à fouiller la banlieue et Paris, à la recherche d'une femme en vison et jambes nues.

Longtemps avant, ma grand-mère avait envoyé des lettres à ma mère. Il y avait eu des larmes, le téléphone raccroché abruptement, des changements de programme – déjeuners du dimanche annulés puis reportés –, des repas de fête pris dans l'atmosphère palpable de désaccord mutuel et pourtant silencieux. Ma mère rentrait de ces moments harassée, ne voulant plus que s'enfermer seule dans sa chambre, porte fermée. Mon père alors nous faisait signe de parler moins fort, de ne pas crier, débranchait le téléphone, mettant toute la maison au pas de ma mère, qui elle-même cédait ainsi à sa propre mère, laquelle, à distance, avait encore plus barre sur elle que sous ses yeux quelques heures plus tôt. Une fois même, sur la route qui nous ramenait de Paris où ma grand-mère avait voulu un « grand restaurant », ma mère avait vomi le déjeuner sur le bas-côté pendant que mon père lui tenait le front. Ce jour-là, j'avais été sidérée de voir ma mère redevenir enfant. Enfant de son mari, enfant de sa mère, que la vie faisait vomir. Elle avait trop fumé, disait-elle. Mais nous savions que c'était faux, que c'était là l'issue inéluctable, non pas d'un énième déjeuner familial empoisonné, mais d'un coup de fil reçu de sa mère une semaine auparavant.

Elle était donc cette silhouette rétrécie à ses vomissures sur le bord de la route, pleurant de rage et d'humiliation parce que tout, à cet instant précis, la ramenait au statut de petite fille, lorsqu'elle avait encore un père, mince écran à la folie de sa mère, et que ce père à présent était son mari lui tenant le front alors que mon frère et moi, à l'arrière de la voiture, dégoûtés par les relents fétides de ce que notre mère rendait, nous ne suffisions pas à l'inscrire dans l'âge adulte.

La nuit de la mort de ma grand-mère, mon père partit chercher où se cachait sa femme, conscient qu'il lui faudrait proposer, en échange du deuil de son passé, le renouement avec sa famille, dont elle pouvait, si elle le voulait, faire du présent. Je le voyais fragile et incertain, peu sûr de la fléchir, inquiet même que cet événement la retranche davantage dans ce qui ressemblait désormais à une disparition préméditée et pas à un coup de tête. Lorsqu'il a ouvert la porte sur le ciel encore sombre, il ne s'est pas retourné pour me demander si j'avais quelque chose à lui dire. Il est réapparu au volant de la Ford, le visage à peine éclairé par la réverbération de ses phares, sérieux, honteux peut-être de l'avoir perdue, échafaudant déjà une logique pour la localiser. Ou pour continuer à mentir.

Je me suis décidée à attendre l'aurore en sortant mon appareil photo. La vaste et sombre plaine de l'aurore. En quelques minutes tout avait éclaté. Ma grand-mère était morte et mon père avouait qu'il avait lâché la trace de ma mère. Depuis combien de temps retenait-il ce secret ? Mon père ne la retrouverait pas, j'en étais certaine. J'ai décidé d'observer l'aube. Seul le ciel abritait les derniers signes de l'absence de sa femme. Une absence aussi enveloppante qu'une voûte céleste au-dessus des champs, de la route au renard mort, au-dessus des vivants aveugles que nous étions, aveugles à l'étendue de sa violence.

Cette nuit-là, ce n'était pas ma grand-mère seule qui avait disparu, c'était aussi sa fille et il me semblait que dans leur lutte à mort, c'était ma mère qui avait pris le dessus. Elle n'était plus la femme-enfant vomissante mais celle qui avait rétabli un rapport de force en sa faveur. Elle avait le dernier mot, morte et vivante à la fois, disparue et recherchée, redoutée et attendue, triomphante, indifférente à notre agitation minuscule, à l'enquête trébuchante de mon père, à ses subterfuges, à la fin de sa propre enfance, toutes choses qu'elle considérait depuis un lieu secret, jusqu'au moment de sa réapparition éclatante, peut-être le jour de l'enterrement. Je constatais combien mon père comptait sur ce jour-là, car le destin venait de lui forcer la main. Elle se montrerait enfin.

J'ai vu mon père rentrer au petit matin sans avoir rien éclairci de la fuite de sa femme. Du moins c'est ce qu'il disait. Il s'est levé le samedi, hagard, nous a juste dit qu'il ne l'avait pas trouvée dans les derniers endroits où il l'avait vue. Puis il s'est enfermé dans sa chambre et a passé de nombreux coups de fil sur le téléphone gainé de velours brun. C'est lui qui s'occupait d'organiser l'enterrement. Il aurait lieu le mardi, dans la campagne où était enterré mon grand-père, quelque part dans les plaines à blé de la Beauce, étendue plate et ventée où il nous était arrivé de passer, mon frère et moi, des vacances d'été. Plus question de partir dans le Sud. Plus question de vacances avec mon amie du boulevard Raspail et son père. Mon frère et moi avions décidé, malgré ses protestations, de rester avec notre père.

Il était prévu de partir le matin même pour assister à la messe et à l'enterrement puis de rentrer le soir à la maison. Je n'avais pas vraiment de peine. Mon frère et moi étions plutôt surpris car dès l'instant de sa mort, ma grand-mère s'était effacée de notre mémoire. Nous ne l'avions vue que quelques fois finalement. Face à l'absence de larmes, nous devions convenir que nous ne la connaissions pas. Pas très bien en tout cas. Pas assez pour regretter un trait particulier de son caractère, pas assez pour nous être attachés à elle, aux billets de banque qu'elle envoyait pour nos anniversaires, comptés dans sa démence en anciens francs, impressionnés tout de même par l'impact qu'elle avait eu sur la vie de notre mère.

À travers l'énergie que déployait mon père pour organiser les obsèques, j'entendais partout un appel adressé à sa femme. Il se disait sans doute qu'en travaillant à rendre à la terre la mère de son épouse, il œuvrait à ramener la fugitive. Sur la route qui menait au carrefour du ramassage scolaire, j'avais à nouveau croisé M. May. Il s'était arrêté à ma hauteur et m'avait une fois de plus proposé de me raccompagner en voiture. Lorsqu'il a baissé la vitre, un effluve d'eau de Cologne s'est échappé de l'habitacle. Il revenait du tennis comme me l'indiquaient ses jambes nues et son short. Au moment où je lui disais que je préférais marcher, M. May a dit, « Je suis désolé pour ta grand-mère ». Comment le savait-il ? Je lui ai répondu que ma mère était très triste, qu'elle pleurait beaucoup. Il m'a regardée muet, son regard traînant sur mon visage avant de se fixer, embarrassé, sur son tableau de bord. L'air devenait tiède car mars finissait. Mon mensonge était comme un pétale de magnolia, immaculé, encore accroché aux branches de l'arbre, particule de blancheur qui n'a pas encore touché terre. M. May m'a encore regardée et a posé sa main gauche sur mon bras. Sans rien dire, en un inestimable témoignage de condoléances. Ou de pitié.

J'ai compris qu'il savait que je mentais, c'est ce qu'exprimait sa main sur mon bras. « Pauvre petite fille », c'était le message. Raconter n'importe quoi à quelqu'un, c'est le transformer en n'importe qui. Je détestais son eau de Cologne et son short de tennis. Je détestais sa main sur mon bras et le retirai aussitôt. Je me moquais de sa prévenance et de sa coquetterie, cette coquetterie qui le poussait à toujours faire le beau, à passer pour le mieux renseigné. Je n'imaginais pas mon père lui faire savoir la mort de sa belle-mère sans me figurer clairement ce qui pouvait l'en empêcher. « J'ai chassé, je passerai apporter à ton père des faisans », a-t-il ajouté en démarrant, sans me laisser le temps de répondre. J'avais déjà vu sur la route qui bordait les champs ces plumes longues issues de la queue des faisans, poussées là par le vent, encore chargées de vie sauvage, apparat de ces mâles ridicules que les chasseurs abattaient en nombre le dimanche. J'imaginais M. May attifé pour la chasse, tout en teintes fauves et kaki, parfumé de Cologne, rivé à son poste de tir sur la ligne, toujours prêt à laisser galamment à une voisine bottée l'oiseau qui se dirigeait sur lui. J'avais rapporté des plumes à ma mère. Elle les avait laissées prendre la poussière sur l'étagère où trônait son *Chamade*. Jusqu'à ce que, lassée de leurs teintes poisseuses, elle les jette à la corbeille où je les avais retrouvées mêlées aux cotons tachés de fond de teint, aux kleenex humides et cotons-tiges jaunis, sans plus aucun espoir de les voir portées par elle. Avais-je seulement cru possible qu'elles puissent jamais orner ses cheveux, son manteau de fourrure ?

Le mardi, nous sommes partis dans la Ford Taunus, mon père, mon frère et moi. Aussitôt assis à l'arrière, mon frère s'est rendormi. Il sentait fort. Il ne s'était pas lavé. Apparu au dernier moment pour boire un café, il avait l'air tout juste sorti de la nuit, une nuit étrangère à notre maison. Descendait-il même de sa chambre ou de sa mobylette ? Son pantalon, ses cheveux, son haleine sentaient. Sentaient le sexe, le sale. Il changeait. Je le voyais à la façon dont mon père le regardait, n'osait plus le regarder comme avant. Ses copains ne venaient plus à la maison. C'était lui qui partait. La porte de sa chambre était toujours fermée. Même lorsqu'il était absent. Une odeur émanait de cette pièce. Une odeur qu'il transportait désormais partout avec lui. Dans la voiture, j'étais placée derrière mon père qui parfois me jetait un regard gentil dans le rétroviseur. Un de ces regards ma-chérie. Jusqu'au dernier moment, je m'étais attendue à voir surgir ma mère pour nous accompagner. Tombant dans les bras de mon père, ivre d'abandon et de repentir. Mais non, personne n'avait ouvert la portière de la Ford pour s'asseoir à sa place. Elle n'était pas apparue comme par miracle au petit déjeuner où un simple bol de café l'aurait ramenée en un éclair à son ancienne vie. Je sentais que chaque kilomètre qui nous rapprochait du lieu de l'enterrement tapait sur les phalanges de mon père afin qu'il lâche enfin le filin de l'espoir. Elle avait dilué toute trace, il ne savait plus rien d'elle si ce n'est le désir de ne plus se laisser atteindre par sa propre famille. « Mais la mort de sa mère, tout de même, elle ne peut pas faire ça », disait-il en conduisant, effrayé de sa monstruosité, ce qui, mieux que le deuxième café à la station-service, lui permettait de garder les yeux ouverts.

Je l'observais rivé à la route, s'accrochant encore à l'idée de voir sa femme surgir au dernier moment, mirage parmi les tombes. Elle ne nous emmenait plus voir notre grand-mère, devenue depuis longtemps de plus en plus folle. Lorsqu'elle voyait sa fille, ma grand-mère l'appelait désormais Claude, parce qu'une des dernières choses auxquelles s'était accroché son esprit encore lucide était la photo de Claude Pompidou dans un magazine. Elle l'appelait donc Claude, ne la reconnaissait plus et lui demandait sans cesse où était son gendre, « celui sur la photo ». Au volant, mon père s'était lancé dans les récits répétés par sa femme, au retour des visites à la maison de soins où séjournait sa mère. Je regardais le rétroviseur comme le journal intime enfin ouvert de mes parents. Dans ce petit miroir, mon père me renvoyait mes regards. « Chez elle, avant de partir à l'hospice, quand il lui restait encore un peu de jugement, elle demandait qu'on fouette la queue du chat avant qu'on lui adresse la parole. Elle avait un chat blanc complètement sourd, qui ne percevait du monde que les vibrations transmises par le sol. Mais si on s'approchait doucement, on arrivait très bien à lui gifler la queue. C'était obligatoire avant de parler à ta grand-mère, disait mon père. À l'hospice, elle croyait encore que le chat était là. Elle disait, il est où que je le fouette ? »

Mes rires ont réveillé mon frère. Il a ajouté ses hennissements de voix qui muait à nos larmes d'hilarité. Le premier signe avant-coureur de sa folie était qu'elle avait enfermé son chat dans le coffre de sa voiture puis elle était partie faire les courses. Une fois revenue, elle l'avait cherché partout, se plaignant qu'elle n'y voyait rien. Elle avait égaré ses lunettes. Elle les avait retrouvées dans le frigidaire. Le chat miaulait, découvert dans le coffre à la nuit tombée, quand elle s'était souvenue brusquement qu'elle avait fait des courses plus tôt dans la journée. « Elle disait que Pompidou était son gendre et qu'elle le voyait à la mairie, sur la photo officielle. »

Je regardais mon père dans le rétroviseur. Je voyais ses yeux se plisser lorsqu'il riait. Je sentais sa nuque parfumée et son désir d'en finir avec les mystères, les siens, ceux de ma mère. L'autoroute était à l'image de son désir, voir se dérouler de façon lisse une existence sans accroc, bordée de champs pleins de promesses et d'aires de repos. « Et puis à la fin, elle pétait comme un cheval », a-t-il ajouté. Mon frère et moi nous nous sommes regardés un peu embarrassés avant d'éclater d'un rire qui remontait à l'enfance, un rire venu de très loin, un rire qui se moquait de tout. Mon père s'est mis à rire de notre rire. Je voyais les spasmes le secouer tandis qu'il essayait de garder les yeux sur la route. Mon frère hurlait comme un âne et moi j'avais mal au ventre. Un instant, on se serait crus sur la route des vacances lorsque mon père nous emmenait en voiture tandis que ma mère partait en train de son côté et que tous les trois nous chantions ce que mon père nous apprenait, riant aux jeux idiots qu'il nous proposait tout en cédant à nos envies de nous arrêter à tout propos puis prêts à faire des pointes de vitesse d'une lenteur ridicule contre des caravanes hollandaises. À l'arrivée, il était immanquablement accusé d'avoir mis trop de temps par ma mère, qui exprimait ainsi qu'on l'avait laissée seule trop longtemps. Se terminait là cette connivence qui nous avait liés, car aussitôt mon père n'adressait plus qu'à ma mère une bonne humeur penaude.

Ma grand-mère avait fini par mourir, non pas de sa folie, mais d'un problème gastrique, de façon fulgurante. Je me demandais pourquoi avoir développé une telle dinguerie pour que tout s'achève dans l'entrelacs putréfié de ses viscères. Revanche de ses tripes sur les visions surréalistes de son esprit, le mariage de ma mère à Pompidou ou la gifle à la queue du chat. Sa folie avait mis un terme au duel engagé avec sa fille. Son abandon de poste ne donnait pourtant la victoire à aucune. Seul l'enterrement proposait un dénouement. Mon père s'était tu. Il conduisait en silence, le visage redevenu tendu car il venait de voir le panneau de sortie qui conduisait au village. Je devinais son attention entièrement captée par le guet de toute chose le reliant à sa femme. C'est à cet instant qu'il a commencé à s'absenter mentalement. Il est sorti de la voiture, courbatu, ankylosé, les vêtements un peu froissés, dégrisé. Il m'a aussitôt semblé qu'il rentrait dans un rêve connu de lui seul, un état de déréalité auquel ma tante, la sœur de ma mère qu'elle ne voyait plus, le groupe hétéroclite de parents éloignés et de voisins inconnus, les jeunes cousins qui avaient grandi, opposaient un écran confus s'interposant à l'objet de son attention. C'est ainsi que je l'ai senti pendant toute la messe. Se retournant et jetant des regards de tout côté, nous évitant, mon frère et moi, ne voulant pas admettre sa défaite, la vanité de son espoir fou. Je savais qu'il espérait encore la voir apparaître au cimetière, surgie des catacombes de notre vie. Mais même dehors, sous la pluie qui s'était mise à tomber sur l'assemblée car personne n'avait prévu de parapluie, aucun trench, aucun vison, pas de jambes nues ne sont venus se glisser parmi nous. Je le voyais qui commençait à se fendiller, n'écoutant rien mais auscultant la campagne, par-delà les murs bas de ce cimetière bucolique, happé par les plaines à blé maintenant détrempées, à la recherche de cet animal furtif en fourrure sombre qu'il conduisait fièrement dans sa Ford, les phares des autres voitures accrochant à ses cheveux auburn des flammèches orange, animal vif et solitaire glissé hors de sa vie aussi vivement qu'une bête se coule par le trou d'une haie.

Je surprenais les gens nous regardant, mon frère et moi, sans savoir s'ils nous plaignaient d'enterrer notre grand-mère ou de souffrir de l'absence incompréhensible de sa fille indigne. Je levais la tête et les regardais tous, savourant l'autorité du chagrin. Jusqu'à ce qu'ils baissent les yeux. Aussi fière de ce triomphe amer que d'avoir changé de prénom, ce que personne ne savait car ils m'avaient tous appelée Dominique. Je n'avais pas rectifié. Mon père n'avait même pas relevé. Les pelletées de terre sur le cercueil ont résonné comme les coups sourds qu'aurait pu donner la morte, de l'intérieur de la boîte. Puis la chute amortie de la glaise qui remplissait le trou. En même temps que s'amassaient les mottes, se refermait la brèche d'espoir où s'était engagé mon père. C'était elle qu'il enterrait, ma mère. Soudain conscient qu'il ne la reverrait plus.

Le printemps commence, c'est ce que je me suis dit hier en marchant sur la route. L'air est devenu léger. Partout une tension neuve. Les jours allongent, « et toi aussi », m'a dit mon père. Impression de faire partie de cette lumière, de cette gloire naissante. Sentiment fugace de faire corps avec la nature, avec la colle des bourgeons, avec les primevères qui explosent sur la pelouse, d'être tendue comme les jonquilles sous les arbres, en massifs drus que mon père a fait planter. Par endroits, la terre pas encore réchauffée, à l'état de boue grasse, demeure noire. Quelque chose se prépare, c'est indéniable. J'ai photographié le soleil à son lever, depuis la fenêtre de ma chambre. Avec un polaroïd cette fois. Au moment où se révèle lentement l'image sur le carré de papier photo, c'est une deuxième aube qui naît, plus fade. Pâleur fugace luttant contre l'orange des premiers rayons. Merle qui sautille sous les bambous du fond du jardin. J'ai tout vu mais je n'ai photographié que le ciel qui proposait des formules renouvelées de minute en minute, fissure rose, halo mauve, traces de gris. Tout est si beau à cet instant que le jour devrait en rester là, finir immédiatement. Soudain une immense fatigue m'a donné froid. C'est toujours comme ça, il y a cette décharge de fraîcheur juste avant que la journée ne s'installe. Matin en chapitres, qui délivre ses effets en rafales, jamais tout d'un coup.

Hier soir, sur la route, le renard avait disparu. Je me suis arrêtée à l'endroit où je l'avais vu, j'ai cherché sa trace dans les hautes herbes du fossé, le sillon de son corps couché. Je suis restée là un moment, me demandant si je ne m'étais pas trompée. J'avais laissé mon sac US sur la route pour m'approcher de l'endroit où il était. Rien. Que l'indifférence absolue de la nature, occupée à verdir, débarrassée de toute trace de mort, de toute trace de fin puisque c'est de début qu'il s'agit, tout semble inaugural, aspiré vers l'été. C'est à ce moment-là que j'ai entendu un grondement diffus. Ça venait du carrefour. La voiture de M. May. Sa masse roulait doucement au milieu de la route. Je savais qu'il ne me proposerait pas de me raccompagner parce qu'il ne pleuvait pas et que je n'étais plus très loin de la maison. La voiture continuait d'avancer. Je commençais à distinguer une silhouette à la place du passager. Un visage de femme qui se rapprochait. Puis la voiture m'a dépassée sans s'arrêter, sans un signe. Et je l'ai vue. Une femme au visage mince, les yeux cachés par des lunettes de soleil, les cheveux sombres lâchés sur le col beige d'un trench. Elle n'avait pas tourné le visage, n'avait émis aucun signe. M. May non plus. Il m'avait même semblé qu'il avait accéléré ou était-ce parce que j'étais immobile. C'était elle, c'était ma mère, j'en étais sûre. Elle n'avait pas son vison mais son trench. Elle ne m'avait pas vue. Elle avait feint de ne pas me voir. En était-elle empêchée ? Captive peut-être. Là où la route se coude pour rejoindre l'entrée des résidences, les feux arrière se sont allumés. Je distinguais les deux têtes dans la voiture. Je me suis mise à courir, lentement au début puis plus vite vers le véhicule toujours immobilisé. Mais au moment où je m'en rapprochais, il a redémarré, a franchi la grand-route puis a tourné à gauche vers la maison de M. May. Je me suis arrêtée hors d'haleine. Le soir tombait. Je ne savais plus si c'était la voiture de M. May, si c'était elle. Tout me paraissait aussi incertain qu'un matin à l'est, brouillé de couleurs et plombé de gris. Fuyaient-ils ? Ensemble ? Eux ? Ma mère, là, à côté ? Ça me semblait impossible et pourtant je l'avais reconnue. Ma mère, comme le renard. Là, puis disparue. Blottie dans le mystère de son absence. J'aurais voulu lui parler par la vitre baissée de M. May et, avec douceur, lui dire, sans poser de questions, sans chercher à comprendre, non pas qu'elle pouvait revenir mais qu'elle avait le choix, elle aussi, comme le printemps, de prendre son temps et de fleurir quelque part, en dehors de nous, sa famille, ses enfants, en dehors des saisons, qu'elle pouvait suspendre sa vie mais qu'elle devait revenir, un jour, peut-être vers l'été, retrouver son mari radiologue qui voyait à travers les corps et pour qui le monde n'avait jamais été plus opaque. Je suis retournée récupérer mon sac US que M. May avait à peine évité en voiture. Dans la résidence, de retour vers la maison, je n'ai pas vérifié s'ils étaient encore là.

En rentrant, je suis allée directement dans la chambre de mes parents, j'ai ouvert le tiroir du meuble où ma mère rangeait ses accessoires. Il restait deux ou trois choses qu'elle avait décidé de laisser, ou qu'elle avait oubliées, des choses qui ne faisaient pas partie de ce que mon père lui avait apporté. J'avais beau fouiller, je ne voyais plus ses lunettes de soleil. Dans son placard aux portes en Z, les cintres carillonnaient mais plus de trench. C'était donc elle. Le téléphone gainé de velours marron trônait, débranché. À côté traînait une brosse ancienne à dos d'argent, aux poils usés. Insupportable douceur de jouer avec ses cheveux. Les cheveux foncés dans la voiture de M. May. Cheveux qu'elle m'offrait à coiffer lorsque j'étais enfant, et toujours la brosse qu'elle me tendait. Mes mains minuscules dans la masse auburn, chargée d'odeurs, que je jouais à peigner. Insupportable douceur de ce qu'elle avait encore à donner. S'en souvient-elle ? A-t-elle fini son temps de mère ? En a-t-elle fini avec ce chapitre-là, désormais dans un ailleurs, loin de nous, les vivants, les aimants, qui attendons, et peut-être et encore, quelque chose de nouveau en provenance de son cœur ?

Mon père est rentré tard. Je n'ai rien dit. Rien lâché. Il sentait très fort le parfum. Il était passé au centre commercial acheter « des bricoles » à réchauffer. Il avait fait « un crochet ». Il m'a dit, « Tu sais qui j'ai vu ? Irena », a-t-il ajouté avant même que j'aie le temps de répondre. La robe en velours était toujours dans son sac, tassé au fond de l'armoire de ma mère. Irena faisait des courses. Elle aussi. J'ai demandé à mon père s'il portait un nouveau parfum. « Oui, une eau de toilette qu'on m'a conseillée. Le nouveau Givenchy, a-t-il dit. *Gentleman*. Ça s'appelle *Gentleman*. » Gentleman farmer. Gentleman cambrioleur. Gentleman domestique. Gentleman au foyer. Gentleman radiologue. La cuisine empestait. Mon père déballait des plats tout préparés qu'il mit à réchauffer, vite, comme s'il était en retard. Je l'aidais. J'ai ensuite appelé mon frère. Comme d'habitude, il a descendu l'escalier deux marches par deux marches, prêt à tout défoncer de son grand corps mutant. Mon père fébrile n'a pas levé les yeux vers lui quand il est apparu. Un « Oh, ça pue ! » a retenti, énorme, implacable. Personne n'a regardé personne. Mon frère, le feu aux joues presque violettes. Les vacances avaient commencé. Pompidou venait de mourir.

Je suis allée faire des courses à la supérette, un peu au-delà de l'arrêt du ramassage scolaire. J'ai reconnu la vendeuse. La vendeuse du lait caillé. La caisse, le petit tapis roulant, son siège, ses cheveux courts ne font qu'un, un seul bloc indissociable. La vendeuse-caisse lève à peine les yeux. Morfondue jusqu'à l'os dans cet après-midi de banlieue. Elle n'a pas le privilège de faire partie du village, le vrai, l'ancien, celui qui donne son nom à cette banlieue. Elle n'habite pas non plus les maisons avec jardin et piscine. Elle est parquée dans cette zone franche que représente la supérette, motel sur le bord de la route où s'arrêtent les gens. Mon frère ne se nourrit presque plus exclusivement que de viande et de lait concentré. Je rafle les berlingots. Les boîtes de conserve sont trop lourdes. Je retourne à la route. Au fil des mois, c'est devenu ma route, à moi seule puisque mon frère disparaît de plus en plus sur sa mobylette. Le vent court sur les champs. Il n'y a personne ni devant ni derrière. Bizarre temps suspendu d'après la mort de ma grand-mère. Ce n'est pas un deuil. Nous ne sommes pas tristes. Juste désœuvrés. Et solidaires de mon père.

C'est un temps indécis. Dans lequel nous commençons à nous installer. Vacances de Pâques. Mon amie est partie dans le Sud. Vacance de l'attente. Vacance de l'absence. Période pendant laquelle mon père nous cuisine des plats, pendant laquelle s'éteint sa vigilance, me semble-t-il. Et peut-être ses manœuvres, ses dissimulations.

Une silhouette se détache sur la ligne d'horizon des labours. Un chasseur égaré. Un agriculteur. Car mystérieusement ces champs se mettent à vivre, il y pousse du blé mais jamais on ne voit personne au travail. Comme si, à l'ouest de Paris, l'agriculture était devenue décorative, ornementale. L'homme a surgi des champs à quelques mètres derrière moi avec un chien. Les berlingots de lait se balancent dans les sacs en plastique, chahutés par le vent. À quel moment faut-il avoir peur ? À quel instant me déciderai-je à craindre de ne plus revoir ma mère ? de la perdre ? À jamais. À partir de quand cela deviendra-t-il inéluctable ? Je me force à marcher calmement, mais j'accélère insensiblement. Pas une voiture ne roule qui me permettrait de me retourner. D'inventer un mouvement pour jeter un regard vers l'homme et son chien qui me suivent. Il paraissait si lointain encore quelques minutes avant. Il veut peut-être de l'argent. L'argent des courses. Est-ce un homme qui se nourrit de lait et de viande ? de lait et de sang ? de berlingots. L'argent est dans le porte-monnaie. Dans un des sacs en plastique. Je vais me retourner. Mais déjà j'aborde la courbe qui mène aux résidences et son chien me dépasse, me frôle presque. Gueule ouverte. Langue qui lèche l'air. J'ai entendu le cliquetis de ses griffes sur le goudron à l'instant où il m'a dépassée. Un berger allemand. Il se met à m'escorter. Je suis maintenant entre l'homme et son chien. Entre la bave d'un chien-loup et la peau d'un inconnu. Mon cœur bat. Il me faut encore traverser la grand-route et m'engager à droite vers la maison. Ce sont les vacances. Les gardiens ne sont pas là. Personne n'écarte le rideau de dentelle blanche pour épier. Des voitures et un camion foncent en sens inverse sur la grand-route. Je suis obligée de m'arrêter. Je sais que la séquence des feux tricolores plus loin charrie à certains intervalles des grappes de véhicules. En calculant bien, on peut traverser sans danger. Plusieurs fois, des routiers ont klaxonné en me voyant sur le bord de la route. Alors que je suis obligée d'attendre, la truffe du chien plonge sur moi, entre mes jambes, dans les plis de mon jean, s'y colle. J'ai les mains prises par les sacs en plastique. Je recule, il me suit. J'interpose les berlingots entre lui et moi. Le berger allemand halète, me regarde, me sent, veut y revenir. Une autre voiture puis deux autres en face se croisent, je ne peux traverser. Il n'y a pas de passage clouté, pas de signal ralentir. Je m'engage. Le chien derrière moi. Les véhicules me font des appels de phares. Puis le son des klaxons se rapproche. Les berlingots amortiront le choc. Pas le temps. À quel instant, tout devient-il irréversible ? Je ne sens qu'une onde d'air énorme qui me souffle au visage, soulève mes cheveux. Mais je suis de l'autre côté de la route. Les voitures dressent une herse de vitesse et de tôle. Je me retourne. Je les vois. Le chien et l'homme. Ils viennent de tourner les talons et s'enfoncent dans les champs.

Un soir, pendant les vacances, mon père a appelé à la maison. « Ma chérie ? Allô, ma chérie ? » Il appelait de son cabinet, disait-il. « J'ai un empêchement pour ce soir, beaucoup de travail, des patients en plus, une urgence. Ne m'attendez pas pour dîner. Ça ira, hein ? Ça ira ? – Oui, j'ai dit, ça ira. » Ça allait. Depuis deux mois, il était là, mais au fond nous étions seuls. Oui, ça allait bien, étrangement. Mon père ce soir-là était inquiet pour nous, pour moi. Ou peut-être pour lui. Il se demandait s'il allait arriver à tout faire. Et il me le disait sans s'en rendre tout à fait compte. Urgence, patients en plus, beaucoup de travail, mentir encore un peu, un peu plus, voir une autre femme, des autres femmes, commencer – ou continuer – à les voir. Irena. Les emmener dîner. Et puis après ? Après, faire une radio, des corps, des sexes. « Ça ira ? » Ça allait. Qui croyait-il tromper ? Il était peut-être déjà dans un restaurant de Versailles, un hôtel de banlieue, un appartement parisien d'où il nous appelait, sa Ford garée sur le parking d'une autre vie. C'était la première fois qu'il osait s'absenter, se soustraire au ma chérie, au placard à épices, à nos dîners à trois. Ce rendez-vous ce soir-là, il n'avait sans doute pas pu le décaler, impossible à reporter. Sa belle-mère morte, les vacances annulées, nous ici. C'était contrariant. Enfin, pas complètement. Mais ce soir-là, il avait eu beau tourner les choses dans tous les sens, le téléphone de velours brun avait sonné. « Ça ira ma chérie ? » Oui, avais-je répondu dans la chambre de liège, seule dans la maison, puisque mon frère avait décampé. J'ai raccroché. Il était 21 heures. Déjà tard. Tard pour un appel d'excuse. Il avait dû essayer de négocier des priorités, produisant à la chaîne des petits mensonges, lucioles fugaces qu'on croit suivre des yeux dans la nuit, perdues lorsqu'elles s'éteignent. Mensonges épinglés sur un mur de liège. Il était gentil. Il le savait. C'était sa façon d'être présent au monde, sa gentillesse chronique, moelleuse. Envers laquelle, tôt ou tard, chacun se sentait redevable. Invisible agressivité des gentils. Volonté de domination drapée dans l'attention aux autres.

Quelques minutes après, le téléphone a sonné de nouveau. J'ai décroché, dans l'entrée cette fois. « Allô ? Allô ? » Personne au bout du fil. Rien que le bruissement équivoque du silence. Je me suis tue. Juste pour écouter. Écouter l'infini. J'ai même plaqué sur mon autre oreille l'écouteur rond, stéthoscope de plastique. Pendant quelques secondes, j'ai navigué ainsi dans un abysse sonore mystérieux, perdue dans les câbles, sous les griffes des hirondelles du printemps, sur les fils électriques. On a raccroché. Je suis restée devant le téléphone quelques secondes, m'attendant à ce qu'il sonne encore. Pour moi, cette fois. Rien. Rien que l'hébétude qui suit un appel anonyme, sans paroles. Sans mots dire. Absurdité absolue. Effet garanti. C'était peut-être une femme qui appelait, inquiète de lui. Une femme de Prague. Une femme qu'allait rejoindre mon père, « une urgence ». Une impatiente.

Quelques jours plus tard, il y a eu un autre appel. Je n'ai pas eu à décrocher. Mon père est arrivé plus vite que moi près du téléphone de l'entrée. Et pendant qu'il sonnait, il a débranché l'appareil. Fermement, sans hâte. Comme lorsque ma mère lisait, dormait. Avant. Je suis restée interloquée. Il m'a regardée, a souri, expert en sourires, blindé grâce à eux. Puis il est retourné là d'où il venait, vers le garage, transformé en serre pour ses nouveaux bonsaïs. Et si c'était ma mère ? « Si c'était elle », j'ai dit dans son dos, sur le pas de la porte du garage. Il n'a pas répondu tout de suite. Sans se tourner, il a dit,

« Ne t'inquiète pas. Ce n'était pas elle. Si c'était elle, elle n'aurait pas appelé ici ». Ainsi, il avouait qu'il avait cessé de l'attendre. Il reconnaissait qu'elle ne l'appelait plus mais que depuis le début de sa fuite, ils s'étaient parlé, sur le téléphone de son cabinet, et qu'ils étaient convenus d'une sorte d'habitude, d'un code, ne pas appeler à la maison.

Plus tard, dans ma chambre, j'ai compris que sa phrase signifiait « puisque je sais que ce n'est pas ta mère, plus elle, cette femme, cette autre femme rappellera ». Une autre femme.

Dix jours plus tard, mon père est reparti. La voir, a-t-il dit. Mais voir qui ? Qu'avait-il à lui dire ? Comment allait-il faire pour savoir où la retrouver ? Mystère. J'avais décidé de laisser mon père mentir, inventer de toutes pièces ses rendez-vous pour dissimuler la présence d'une autre femme. Cette autre femme qu'il avait prévu de voir pendant nos vacances de Pâques, avant que sa belle-mère ne meure. Et que nous décidions de rester avec lui. Peut-être même avait-il eu l'intention d'installer cette femme dans la maison pendant notre absence. Au mépris des voisins, du gardien. De M. May.

Il nous avait prévenus la veille. Un nouvel état d'urgence était apparu chez lui, dans ses gestes depuis peu, depuis qu'il était rentré du centre commercial avec son nouveau parfum. Il avait ajouté, « Réfléchissez à ce que vous avez à lui dire. C'est important. Je vais lui parler ». Mon frère avait peut-être réfléchi, mais le lendemain il n'était pas là. Parti à mobylette depuis des heures, plein de son odeur corporelle. Alors, je me suis retrouvée au bas de l'escalier, seule face à mon père. Il me semblait qu'il n'aurait pas supporté de partir sans mon regard sur lui, sans le sien sur moi, qui voulait dire ma chérie. Il avait l'air décidé, une petite valise à ses pieds. Où allaient ces vêtements que plus personne ne mettait ? Que restait-il encore à porter à ma mère, sa femme, cette femme qui n'avait plus besoin de nous ? Mon père avait l'air de partir en vacances ou pour un exode. Il était beau. En tout cas, il s'était fait beau. Il avait mis un costume et une cravate, flèche de tricot sur sa chemise lilas. Je le sentais tendu, un mélange de résolution à tout gagner et pourtant à la limite de tout perdre. Peut-être savait-il qu'elle était avec M. May l'autre jour. Peut-être était-elle là, à côté, dans une autre résidence, une maison proche, cachée et se promenant malgré tout au grand jour, dans la voiture d'un autre. Dans son trench.

Je n'avais rien dit parce que depuis le début mon père semblait savoir quelque chose que nous ne savions pas. Et parce que son parfum *Gentleman* ce soir-là avait tout empêché. Alors, pourquoi lui apprendre ce dont il était sûrement déjà au courant ? Devant moi pourtant, il avait l'air prêt à s'indigner, à rompre l'ordre des choses, à dire qui était le maître des lieux, de sa maison, de son couple. « Tu sais où elle est ? » lui ai-je demandé. « Oui », a t-il dit, puis il a ajouté : « Je crois. – Dis, pourquoi tu continues à la voir ? Qu'est-ce que tu fais ? Qu'est-ce que tu attends ? » Mon père m'a regardée. Des questions qu'il ne se posait plus ou auxquelles il ne voulait plus répondre. Sa ma-chérie lui parlait. Et il s'absentait, comme lorsque je lui avais appris mon nouveau prénom dans la cuisine. Dissous devant moi en quelques secondes. « Papa ? » Il s'est repris. « Oui ? Ma chérie ? » Puis : « Je lui dois bien ça. Je peux bien faire ça pour elle. » Ainsi mon père n'exprimait qu'une dette. Depuis combien de temps la payait-il ? Depuis combien de temps – depuis leur mariage ? – se formulait-il les choses en ces termes ? « Bien faire ça pour elle. » Tout pour lui se résumait donc à une culpabilité, une assistance portée à sa femme disparue. Pendant tout ce temps, il n'avait pensé à rien d'autre, « lui devoir ça », sa dette. Pourtant, je comprenais qu'il était fini le temps du rachat. Qu'une expiation secrète avait eu lieu, en dehors même de sa volonté, de son existence, de la nôtre.

Et si la seule question à lui poser était celle du bonheur, le sien, le leur ? Où il débute. Où il s'arrête.

Mon père était en marche. Avec maladresse, incohérent mais en marche. En marche vers des passions ordinaires. Alors que je sentais ma mère appelée vers un amour tout autre. Bien loin de son regard, de nos gesticulations, des vêtements restés dans l'armoire, bien loin du désordre des désirs de mon père, de ses obsessions. Je voyais de plus en plus mon père pris dans un grand mouvement général, dans le printemps de sa vie, porteur de sève. Ce mouvement, cette nouvelle énergie que j'avais notée depuis peu chez lui, son appétit de douceur et d'objets à désirer, vendeuses, parfum, recettes, bonsaïs, c'était peut-être de cela qu'il s'excusait, cela qu'il avait essayé de dissimuler, dont il demandait à se faire pardonner. C'était cela, sa dette. Avoir abandonné ses propres nostalgies pour préférer l'enjouement du présent. Je reconnaissais un homme, je devais bien l'admettre, plein d'une joie active, bavarde. Mon père allait de l'avant. Je le voyais. Alors que ma mère, elle qui n'avait jamais cessé d'inquiéter ses propres certitudes, nous opposait l'inertie de son absence, son mutisme, un immense détachement. À partir de quand mon père avait-il commencé à convertir son mariage rassasié en une curiosité, une recherche de nouveaux objets, dont la séduction, à ses yeux, ne faisait aucun doute ? Pour lui, il n'était pas question de cesser de croire, de cesser de vouloir. Pas question de désenchantement. Pas question de rompre avec l'ambition d'être heureux, comblé. Comme avant. Comme toujours. Comme un homme. Ma mère était ailleurs, sortie de l'imaginaire de mon père. Dans tous les sens. Elle en était issue, et elle s'en était échappée. Mais quelque chose clochait. Je ne croyais pas à son simulacre de repentir, à ce « je peux bien faire ça pour elle ». Il était trop parfumé, vaincu et sûr de lui à la fois. Peut-être allait-il à Paris, pour « un petit dîner sur la rive gauche ».

Je regardais cet homme, mon père sans révolte, qui prétextait une dernière visite pour – je commençais à l'espérer – enfin se libérer d'elle. Ou bien croyait-il, contre toute attente, réussir à convaincre M. May de la laisser revenir dans la Ford Taunus ? Bourgeon neuf, alarme du printemps. Sanglée dans son trench, jambes nues, et à peine arrivée, elle fumerait une cigarette parce qu'il fallait donner à ce moment la volatilité de la cendre, un goût de fête solitaire, un parfum de tabac blond mêlé à du Guerlain. Elle apparaîtrait, ses cheveux détachés s'étalant en vagues sombres sur le manteau de toile beige, ceinturé serré comme elle le portait, avec les lunettes noires que je lui avais vues sur la route, parce qu'elle aurait un peu pleuré en revenant ici. Star évincée qui rejoint sa loge.

Elle arriverait juste à temps pour la floraison du magnolia. Corolles blanches sur les branches gainées de lichen, éclat des pétales contre les derniers froids, signal que la terre à l'insu de tous travaille à renaître, sous l'humus gras et glissant, qui certaines semaines sentait la putréfaction, les excréments, odeur infiltrée dans l'air jusque dans la maison, émanant des premiers épandages d'engrais sur les champs. Labours hostiles, bruissant de corbeaux et de mouettes, présence vaste et humide, à l'haleine d'hiver, témoin de notre première visite, en février, plus d'un an auparavant, lorsque mon frère et moi avions découvert la maison à travers le grillage. Dans le jardin, mon père avait placé des mangeoires à oiseaux. Ils se battaient sous nos yeux pour arracher du saindoux à la boule dans son filet, voletant nerveusement autour d'oiseaux plus gros, image ravissante du combat pour la survie auquel se livraient, dans l'intimité de la terre, les racines et les larves, loin de nos yeux rivés à l'absence d'une femme que mon père, ce soir-là, avait l'air d'inventer. Le magnolia rosissant à peine à la base du pistil attendrait-il jusque-là ? Dans la beauté de sa floraison, il y a celle, plus subtile encore, de la chute des pétales, en neige soudaine sur le sol. *Chamade*. Reddition des fleurs blanches vaincues toutes ensemble, qu'une bourrasque de nuit répand d'un seul coup sur la terre noire. Je m'étais mise à guetter ce moment, l'imperceptible seconde où toutes les fleurs paraissaient au bord de rompre leur attache, moment aussi imprévisible que celui où ma mère avait décidé de ne plus rentrer dormir chez nous, dans leur chambre de liège, à quelques mètres de cet arbre qu'elle avait choisi avec son mari de planter là.

Mon père était prêt à partir, résolu et craintif, au bord de m'avouer ce qu'il avait sur le cœur. Je le sentais, rayonnant et dur. Et puis soudain, il m'a regardée et a dit : « J'ai oublié le trench de ta mère. J'ai failli oublier le trench de ta mère. » Je suis restée stupéfaite. Qui était alors cette femme, l'autre jour dans la voiture de M. May ? Il s'est enfoncé dans la pénombre de leur chambre, n'a pas eu besoin d'allumer la lumière. J'ai entendu les portes en Z de leurs placards qui se faisaient face, un pour elle, un pour lui. Il n'y avait plus les lunettes de soleil dans la commode. Mais il restait son trench car mon père est revenu devant moi, l'imperméable beige sur le bras. J'ai demandé très vite : « Il était où ? – Dans mon placard, je l'ai rapporté du pressing. » Tout cela était donc vrai. Il ne mentait pas. Où était-elle ?

L'atelier photo a repris à Paris. Je me suis retrouvée seule dans la salle après le cours. On a parlé. Le prof m'a parlé, plutôt. Je l'ai écouté. Lorsqu'il a accroché au mur nos tirages, j'ai regardé ses mains agiles, ses cheveux un peu longs. Quel âge a-t-il ? Quel âge ont ses pensées ? Il m'a demandé de rester pour discuter de la technique polaroïd. J'aime l'instantané. Les teintes solarisées, presque livides, que cela donne au réel. Nous avons regardé ensemble les photos d'aubes que je prends depuis la fenêtre de ma chambre. Il a dit qu'il aimait la lumière froide de l'est alors que tout le monde préfère les teintes chaudes qui surviennent au soleil couchant. « Globalement, les gens préfèrent l'ouest, tu vois. C'est une lumière qui crée des ombres, qui permet d'ancrer les sujets dans leur ombre portée. C'est une lumière rassurante qui pose les personnages, réchauffe la palette. L'est est un mystère. L'ouest, un point de chute, une conclusion. Les photos prises sous une lumière d'est désincarnent leur sujet. Ne te laisse pas impressionner par ceux qui te disent que tes photos sont froides. Les gens ont peur c'est tout. »

Il devait avoir trente-cinq ans. Je sentais son regard scrutateur et bienveillant. Je le sentais sur ma peau et c'était la première fois que se posait sur moi le regard d'un homme, d'un homme de cette ville. Pas celui des garçons du lycée. Pas celui d'un homme-enfant malade sur le raccourci de l'école. Pas celui de M. May. Le sexe rose à la fourche d'un jean n'avait rien de viril. C'était au contraire la preuve même de l'état d'enfance, encore voué à l'observation de nos corps. Soudain, il n'était plus question de ce temps-là. Je m'approchais de l'imminence d'autre chose. Et malgré la foule du samedi qui grouillait sur le quai et dans la rue du Bac, cette pièce se détachait de tout, m'éloignait de ma banlieue, de son centre commercial. J'étais au centre de Paris, prise dans les pulsations de la ville, dans un rythme sanguin qui faisait battre entre mes jambes un sexe tout neuf, aussi réactif qu'une fleur de balsamine. Cet homme prenait son temps, prenait plaisir à dilater le temps, notre temps. Il fallait que je le fasse. Que j'en aie le cœur net, que je sache de quoi parlaient toutes les autres, celles qui l'avaient fait. Je me suis approchée de lui et j'ai pris sa main dans ma bouche. J'ai sucé ses doigts, il s'est laissé faire. Il regardait. Ma langue était dans sa main, blottie dans sa paume. Il a refermé les doigts dessus et l'a malaxée, lentement, étalant la salive sur mes lèvres et autour de ma bouche. Ma langue donnée à ses doigts. Il la faisait passer entre les phalanges, sur le dos de la main, jusqu'au poignet. Il disait, « là, vas-y ». Et je léchais, avide.

Ses doigts exploraient ma bouche et ramenaient sur la langue encore plus de salive. Il a posé son autre main sur mon sexe et l'a laissée là, chaude, forte, inerte, inéluctable. Je me pressais contre sa main. Je poussais mon pubis contre elle, trempé, huilé. Ma langue continuait de lécher ses doigts qu'il rentrait maintenant de plus en plus dans ma gorge. À m'en étouffer. Mais je voulais être remplie, aussi remplie que la ville. Il a ajouté sa langue à ses doigts et l'a introduite dans ma bouche. Étourdissement visqueux. Tiédeur diffuse. Il a reculé son visage pour observer ses doigts jouer avec ma langue, mes joues maintenant maculées de salive. J'ai croisé son regard. Il s'est rapproché de mon oreille et a commencé à lécher son croissant puis d'un coup a glissé sa langue à l'intérieur. Je ne connaissais rien de plus intime. J'entendais le bruit de succion, la mer, le reflux méthodique de sa langue puis à nouveau des sons indéfinissables qui me firent penser que je m'étais introduite dans son corps, immergée dans la mécanique de ses fluides. J'étais envahie de toutes parts. Pourtant sa main ne semblait rien vouloir d'autre que tenir mon sexe à distance, captif, fermement barré par sa paume et tout entier contenu. Je pensais au mot « possédée ». Un homme qui possède une femme. Je n'ai jamais compris ce que cela veut dire. Sa main posée sur mon sexe était une douane, pas la marque d'une possession. « Lèche, lèche encore. » Et je léchais encore alors que ses lèvres quittaient mon oreille et ma bouche pour toucher le bout de mes seins à travers mon pull. J'étais nue de l'intérieur. Je n'étais plus seule. J'étais sous ses doigts, sous sa langue, le centre d'attention d'un homme. L'interphone a sonné une fois, longuement, mais il ne s'est pas arrêté. J'ai compris aussitôt que son acharnement sur moi, sa volonté de me faire céder, mieux encore que s'il s'était adressé directement à mon sexe, venait du fait qu'il redoutait cette sonnerie, qu'elle était le signal d'un autre élève et celui de sa fraude. « Reviens demain », a-t-il dit en me caressant la tête. « Mais demain, c'est dimanche », j'ai répondu. « Je serai là. Tu n'auras qu'à sonner. » Sonner comme les autres et échouer ici, sous sa langue et ses mains.

Lorsque je suis sortie rue du Bac, j'ai plongé d'un

coup parmi les gens du samedi. Le samedi que mon père occupait à quoi faire ? Il était seul ces journées-là puisqu'il avait organisé pour nous « des activités », comme il disait. Moi à Paris et mon frère de son côté, chez un ami, puisque sa copine avait trouvé un autre garçon à Trouville. Mais mon père, que faisait-il ? Draguait-il une vendeuse en prétextant chercher un vêtement pour sa femme, un vêtement qu'il fallait lui demander, gentille, d'enfiler une fois, pour voir, pour essayer, afin de juger si la taille était bonne, si ça ne la serrait pas trop ? S'approcher de la cabine et pourquoi pas écarter le rideau ? Inviter la jeune femme à se montrer et l'examiner, en radiologue, sous les néons de la boutique, suscitant le regard étonné des clientes et celui consentant, indulgent, commerçant de la directrice du magasin. J'avais vu à la maison des sacs des boutiques du centre commercial. Mon père continuait d'ailleurs à m'offrir des pulls et des chemisiers, « allez, pour voir, pour essayer ».

Dans la rue ce samedi-là, je croisais des gens qui comme lui, comme mon frère et moi, organisaient leur semaine en vue du week-end, en vue du temps libre. Mais ce temps libre en ce qui me concernait avait pris des proportions calquées sur l'absence de ma mère. Depuis que mon père ne savait plus où la retrouver, il se consacrait aux trésors du centre commercial. Notre trio s'était délié. Mon père continuait à nous préparer nos dîners, le soir dans la cuisine. Viande pour mon frère et des « petits plats pour ma chérie ».

L'autorité sourde émanant de la présence de ma mère, de son élégance, de sa minceur nerveuse, de sa façon de se retirer dans sa chambre en nous laissant à notre « anarchie » devenait un souvenir, délayé, malgré elle, malgré nous, dans ce printemps spécial. Les gens du samedi dans cette rue me semblaient appartenir à un univers régi par les mères et leurs enfants, dans la sujétion ou dans la fronde, reliés quoi qu'il arrive au ventre qui les avait portés.

Je n'étais plus de ceux-là. Seuls les ma chérie de mon père m'attachaient encore à cette zone insulaire de l'enfance. La France qui avait perdu son président, un père, un grand-père plutôt, n'avait pas de « ma chérie » à sa disposition pour consoler son amour-propre. Ce jour-là, l'absence obstinée et silencieuse de ma mère produisait de l'oubli, elle cessait d'exister. Faiblissait ainsi le sillage impalpable de son omniprésence. Son parfum, chaque fois un peu plus décomposé, me surprenait encore lorsqu'il m'arrivait d'ouvrir sans raison les portes de son placard en Z. Il n'y avait pas eu d'ultimes retrouvailles avec mon père la dernière fois qu'il l'avait vue. L'avait-il seulement vue ? Pas sûr. Son silence à ce sujet ne m'intéressait plus.

La Seine coulait au bout de la rue, devant le Louvre. Épaisse, insensible à ce printemps différent, bordée des marronniers d'avril, vert vif, et de voitures. C'était donc ça la légende de l'amour d'une mère, un courant qui porte, sans relâche. Un courant qui fait pousser sur ses rives des arbres qui protègent. Ma mère avait décidé de dévier le cours de son destin. Et ce samedi me portait à croire qu'elle m'avait légué, ce faisant, un peu de son autorité. Dans l'atelier de photo, quelqu'un avait sonné pendant que je mouillais. Quelqu'un que bizarrement je n'avais pas croisé dans l'escalier en partant, comme si il ? – elle ? – avait eu peur, savait que je risquais de le – la – voir. Mais je m'en moquais. Parce qu'émergeait quelque chose qui ressemblait à un destin, parce qu'il était temps de cesser d'attendre, de cesser d'éprouver le temps qui ne passe pas.

Je n'avais pas envie de retourner à l'appartement du boulevard Raspail. Pas envie de voir mon amie. Un homme m'a arrêtée dans la rue et m'a dit « Tu es Anicée Alvina ? ». J'ai dit non. J'étais moi. J'avais faim. J'étais plongée dans la ville. Je n'étais plus en état d'extrême porosité mais compacte, dense, ouverte et fermée, résolue. J'étais prête à vérifier, dans l'atelier de photo le lendemain quand j'y reviendrais et les samedis suivants, le démenti des jours d'hier.

Le dimanche, je me suis réveillée seule. Mon amie était partie tôt faire du cheval et son père n'était pas là pour le week-end. Il était prévu qu'il rentre en fin de journée. J'avais rendez-vous à l'atelier à midi. Là-haut, j'ai retrouvé mon professeur. Ma bouche a été dans sa bouche tout de suite. Ses mains m'ont déshabillée, précisément, sans hésitation. Comme s'il savait que je voulais en venir au fait, comme s'il avait compris que ce jour-là était fait pour savoir, pour défricher, et peut-être et plus tard pour prendre du plaisir. Lorsque j'ai ouvert mes jambes, j'étais liquide et peureuse. Il n'a pas accordé d'attention à ma peur parce qu'il savait que je voulais passer dans l'autre monde, accéder à ce moment qui me ferait basculer dans l'après. J'ai eu un peu mal. Il y a eu du sang. Pas beaucoup. Comme une formalité. Il me tenait la main, ne m'a pas lâchée. Il n'y avait plus de danger. Plus de danger de rester de l'autre côté, celui maudit et interminable de l'enfance, plus de risque d'y laisser sa peau. J'ai franchi seule ce moment. Je n'ai fait que prêter mon corps, disponible et neuf. Le reste serait pour plus tard. J'en avais le pressentiment sans me douter de quand. Mais ce qui comptait c'était de savoir. Savoir ce que savaient les autres femmes, pas celles de ma banlieue, pas celles de mon père fétichiste, pas les geishas-vendeuses du centre commercial, poupées de cabines d'essayage, mais celles des livres de ma mère, celles qui lui avaient donné envie de partir, de donner sa robe de velours. Ne plus être la même lorsque je regarderais l'aurore depuis la fenêtre de ma chambre. Ne plus être celle qu'avait laissée ma mère. Me défaire de tout, et enfin, enfin, inverser la dynamique de sa fuite, me mettre en mouvement, cesser de l'attendre.

Le magnolia a perdu ses fleurs. Je voulais devenir photographe.

Ce samedi-là, elles étaient partout, groupées au milieu du boulevard Saint-Germain, depuis l'angle de la rue du Bac jusqu'à la rue de Rennes. Je descendais le boulevard Raspail pour aller à mon cours de photo. La police forçait les voitures à refluer à droite vers Raspail ou à gauche rue du Bac, stoppées net devant le cordon qui les empêchait de continuer droit vers Saint-Germain-des-Prés. Des femmes surtout mais il y avait aussi quelques hommes en blouse blanche. Des médecins sans doute. Ils étaient en petit nombre, en blanc, groupés, un peu à la traîne, n'osant pas, pas tout à fait, être avec les femmes et pourtant l'un d'entre eux tenait l'une d'elles par le bras, seul maillon qui le reliait au reste du groupe. Elles criaient des choses que je ne comprenais pas. Après les giboulées tardives qui avaient lavé l'air, le soleil perçait, tiède déjà. Les femmes étaient jeunes, frémissantes, nerveuses mais résolues. Je ne comprenais pas. Sur une banderole, on pouvait lire « Un enfant si je veux, quand… ».

Le long du cortège contenu sur le boulevard Saint-Germain entre la rue du Bac et la rue des Saints-Pères, des gens s'étaient arrêtés pour scruter ces femmes, les écouter peut-être. Une bonne occasion de donner à son samedi une coloration de fait divers. La police allait-elle charger ? Ces femmes deviendraient-elles violentes ? Les autres, affairées à leurs courses, ralentissaient, inquiètes, excédées par cette petite foule minoritaire qui faisait perdre du temps à la majorité. Les gens regardaient ces femmes qui n'étaient pas comme eux, qui ne faisaient pas de leur samedi une journée de shopping et de gosses, d'embouteillages et de cris, d'exaspération devant les queues et les places à trouver. Ces femmes étaient différentes, elles perdaient ce temps précieux de la semaine d'une femme, ce temps précieux pour interpeller les passants qui s'en fichaient. Alerter l'opinion. Mais peut-on se fier à l'opinion de la foule du samedi qui moutonne dans les boutiques et les supermarchés, dans les bouchons ? Il y avait quelque chose de farouche et de naïf dans ces visages fermés et parfois colériques. Comme si les manifestantes ne croyaient pas tout à fait, pas encore complètement, à ce qu'elles revendiquaient. En queue de cortège, elles étaient plus silencieuses, mais devant, là où la manifestation avançait vers la rue de Rennes, on percevait confusément la harangue d'une voix dans un mégaphone. La police veillait. On sentait qu'à tout moment quelque chose pouvait se passer. La police tenait à se le faire croire.

J'étais en retard pour mon cours de photo rue du Bac. Il était impossible de traverser. J'avais réussi à me poster à l'angle de la rue de Luynes et du boulevard Saint-Germain. Mon cœur battait plus vite. Je ne comprenais pas ce que voulaient ces femmes. Sur le trottoir d'en face, je voyais des passantes s'adresser directement aux manifestantes, de manière brève, brusque. Elles leur lançaient un mot, deux tout au plus, puis tournaient les talons et disparaissaient dans la foule anonyme. Certaines manifestantes réagissaient et répondaient, d'autres ne disaient rien, continuaient à progresser dans le flot du cortège. J'ai sorti mon appareil photo. J'ai chargé un film en vitesse. Et j'ai commencé à appuyer sur le déclencheur. Je zoomais sur les visages des femmes, sur leur allure, certaines le poing levé, un foulard sur la tête, des femmes en tailleur aussi, d'autres en pantalon de velours, jeans et mocassins. Certaines fumaient en marchant. Je mitraillais puis j'ai remonté le boulevard jusqu'à la rue Saint-Guillaume, me faufilant entre les gens qui râlaient. Sur mon chemin, j'entendais des mots comme « salope » ou « traînée », adressés au cortège.

Je glissais plus que je ne poussais et me calais enfin à l'angle de la rue.

J'ai visé plusieurs fois la foule. Et puis j'ai déplacé l'objectif sur les femmes qui regardaient les passantes. Le regard en miroir, c'était l'objet de notre cours depuis la rentrée des vacances de Pâques. Regarder ceux qui regardent. Ne pas photographier le monument touristique mais ceux qui l'observent. Ne pas faire le point sur le premier plan mais sur l'arrière-plan. Chercher le rebond du regard. Je voyais des femmes qui tiraient leur enfant par le bras pour s'éloigner comme si elles avaient vu quelque chose d'obscène. Je voyais des manifestantes qui distribuaient des tracts à des femmes qui les jetaient à leurs pieds, avec colère. Ou qui les leur renvoyaient à la figure. Les policiers s'interposaient, faisaient reculer les badauds qui voulaient leur prendre le paquet de tracts des mains. Ce n'étaient pas des mots. C'était quelque chose d'insoutenable, de nouveau pour eux. Mais les badauds pouvaient bien jeter à terre leurs tracts, l'énergie des femmes qui leur faisaient face en disait plus long que leur nouvel évangile. C'est ce que me révélait l'appareil photo. Les hommes passaient vite, tiraient leur épouse par la manche, ne voulaient pas rester. Quelques policiers s'agitaient, essayaient d'intervenir aux points de contact entre la foule et la manifestation. À côté de moi, une femme a crié

« Salopes ! Putains ! ». Elle était trop proche pour zoomer, je déclenchai quand même. Derrière elle, d'autres avaient repris les mêmes injures, par solidarité, avouant leur effroi intérieur. Et puis il fallait donner du sens à ce samedi. Il fallait faire comme les autres. Suivre le troupeau dans les embouteillages et les courses, ou le suivre là, sur ce trottoir, en criant ensemble, en insultant de concert, c'était aussi bien.

Soudain, au croisement de la rue des Saints-Pères et du boulevard, un remous dans la foule. J'ai couru, poussé, bousculé les gens pour voir. J'essayais à la fois de protéger mon appareil et de m'en servir pour l'enfoncer dans les côtes, dégager le passage. Les policiers étaient à cran, tentaient de repousser un groupe posté au carrefour, menaçant de briser les rangs de la manif. Sur leur banderole, on lisait mal mais on devinait qu'il était écrit « criminel ». Je me suis approchée davantage et je l'ai vue. Ma mère. C'était elle, à quelques mètres, dans sa fourrure, les cheveux attachés, prise à partie par les contre-manifestants, en vison chocolat, sur laquelle les insultes glissaient. Elle avait passé son bras droit sous celui d'une autre femme. Elles avançaient ensemble, poussées par les autres, à peine protégées par la police, solidaires. Et puis la foule a commencé à bouger plus intensément, des femmes sont tombées, chahutées par le groupe d'opposants. Je ne photographiais plus. Les gens se sont mis à crier, à siffler. On entendait hurler « Police ! ». La bousculade est devenue plus générale. Certains jetaient des œufs, de la farine sur le cortège.

Je ne quittais pas des yeux ma mère qui semblait n'avoir aucune conscience du danger. Elle avait lâché le bras de la femme à côté d'elle et toutes deux lançaient des tracts au visage des contre-manifestants. Et puis il y a eu contact entre la manif et le groupe de la rue des Saints-Pères. Chahut, coups, cris, bousculade. Ma mère a disparu. Était-elle tombée, lui marchait-on dessus ? J'ai voulu la rejoindre. Je me suis approchée du cordon de policiers qui faisait face aux passants. J'avais mon appareil photo à la main. Le policier m'a crié, « Ta carte ? T'as une carte ? Presse ? ». Je l'ai regardé sans comprendre et il m'a dit, « Tu passes pas. Recule. Tu passes pas ». J'ai à nouveau aperçu son vison taché de farine, ses cheveux s'étaient défaits. Elle était là, regardant vers moi sans me voir. Cherchant une issue. Parce qu'il fallait fuir. Pourtant, je le comprenais, elle n'avait pas peur. Pas peur au milieu de ces femmes. Au milieu d'elles, plus vivante que jamais, plus maigre aussi, d'une maigreur vigoureuse, comme ayant survécu au pire. La police faisait son possible pour isoler les deux camps, pour séparer des femmes qui en venaient aux mains alors que des hommes en blouse blanche tentaient de s'interposer. Il y avait une impression d'énergie, d'intensité, d'élan vital, de solidarité entre les manifestants, entre leurs idées, les points de vue qu'ils défendaient, leurs vies en somme. Était-ce ce que ma mère s'était choisi pour donner sens à sa vie ? Était-elle rentrée dans cette manif par hasard, parce qu'elle n'avait rien d'autre à faire, passant comme moi, à côté, et puis s'y mêlant ? Choisit-on de porter un manteau de vison, un mink, pour participer à une manifestation ? Elle avait l'air d'être ultra-vivante, ultra là, fatiguée et vivante.

Je ne l'ai pas lâchée. J'ai appuyé sur le déclencheur. Je l'ai prise en photo sans jamais dézoomer. Son visage, ses cheveux défaits, son vison luisant au soleil, ses mains levées jetant des tracts. Et puis ce regard un peu affolé qu'elle tourne vers l'objectif à plusieurs reprises, se disant peut-être qu'elle pourrait se sauver par la rue Saint-Guillaume et la rue de Grenelle. Habite-t-elle dans le quartier ? Sait-elle où elle est ? Et puis non, je la vois qui rebrousse chemin, qui se fond à nouveau dans la manif. Elle s'éloigne, elle se cogne, elle pousse les gens, fait des sourires, apostrophe, se dirige vers la rue de Luynes, vers le boulevard Raspail. On lui fait place mais elle chemine difficilement. Et je reconnais là sa volonté d'aller à rebours. D'inverser le cours des choses, de remonter le lit du fleuve. Elle a l'air plus jeune. Pourtant rien n'a changé en elle. La même hargne que le jour où elle est retournée réclamer une autre bouteille de lait, prête à répandre celui, caillé dans la casserole, qu'elle venait d'acheter. Elle qui déteste le lait et qui, contre l'avis de sa mère, a refusé d'allaiter mon frère, au scandale de sa famille, grainetiers de province qui croyaient aux bonnes choses, à la viande d'agneau pascal, à l'Ovomaltine. Prendre son destin en main, avancer à contre-courant, se détacher progressivement de l'appareil conjugal, des tâches ménagères, de son destin de mère, de nous. C'était donc ça. Mais pas pour un autre homme. Non, pour rejoindre cet espace de liberté qu'elle trouvait dans les livres rapportés de Paris, et y vivre. Vivre au milieu des femmes, vibrante. C'était donc là cet ailleurs, hors de la communauté des épouses aux maisons à fenêtres-yeux.

J'ai remis l'appareil dans mon sac. Les gens couraient en tous sens. La manif commençait à se disperser dans le désordre. Les rangs s'éclaircissaient. Des médecins en blouse blanche se battaient pour de bon avant d'être ceinturés par d'autres. Je tentais de suivre ma mère. Ma progression était plus facile que la sienne. Bizarrement, grâce à l'agitation générale, la rue était devenue plus fluide. On pouvait courir. Elle s'est retournée, a jeté des regards vers l'endroit où éclataient les heurts. Elle cherchait quelqu'un. Cette femme au bras de laquelle je l'avais vue. Et puis elle m'a fixée quelques secondes, à peine le temps de croiser ses yeux sombres. Elle a reporté son regard vers le croisement Bac-Saint-Germain, elle a regardé à nouveau vers moi, tout près, à côté ou peut-être derrière moi, par-dessus mon épaule. Et il m'a semblé que c'était ce qu'elle n'avait jamais cessé de faire. Regarder par-dessus mon épaule. Tel un appareil photo qui cherche à faire le point. Je ne savais pas si je figurais au premier plan ou au second. L'avais-je jamais su ? Son regard s'est troublé, elle a plissé les yeux, ce tic des myopes. Et ce fut tout. Elle n'a plus regardé dans ma direction. Elle est repartie en biais vers la rue de Luynes, se frayant un passage, plus vite, dans son vison dont la tache de farine s'était estompée. Tout s'éclairait en moi, la fulgurance de cette rencontre, le pourquoi, la nature de son absence, enfin révélée à travers les conditions finales de sa réapparition. Je devais la suivre. Elle me le demandait. Et puis, après plus de deux mois d'absence, il me semblait normal de ne pas la perdre si vite.

Plus haut sur le boulevard Raspail, je l'ai vue qui s'engouffrait dans le Lutetia, happée par la masse du bâtiment. Y avait-elle une chambre ? Peut-être voulait-elle me semer et fuir par une autre porte. Je suis restée aux aguets, immobile, sans relâcher ma vigilance. Je ne voulais pas être une bête perdue dans un fossé. J'étais là et bien vivante. Comme elle, ma mère, embusquée, face à cet hôtel dont je surveillais les issues. Et puis je suis entrée.

Dans le bar, elle était là. Silencieuse, calmée. Habitée de cette royauté intime que je lui avais vue plus tôt dans la rue. Assise à une table, face à une femme. Parlant avec elle, fumant avec elle, ses cheveux attachés en queue-de-cheval, comme hermétique, purifiée par ce qui venait de se passer. Centrée, intentionnelle et consciente. Comme enfin rendue à sa destination finale, ce bar baigné de lumière jaune. Les quatre coins du monde. Un pull en V que je ne connaissais pas, un pull d'homme, exposait le décharnement de ses clavicules, « poétiques », lui avait dit mon père. « La première fois », avait-elle précisé.

En face d'elle, la jeune femme qui lui parlait me rappelait quelqu'un. C'était celle de la manifestation, à son bras, puis perdue. Elles s'étaient donc retrouvées là, coïncidence ou rendez-vous convenu d'avance. De leur tête-à-tête émanait quelque chose d'intime, une connivence de longue date, d'avant cette rencontre, d'avant la manif. Je la reconnaissais maintenant, c'était elle, la copine du père de mon amie. Elle avait coupé ses cheveux. Je la reconnaissais. Celle qui l'avait fait. « Elle l'a fait », m'avait dit mon amie. L'avortement, c'était de là que tout était parti, notre sujet de conversation avant le dîner ce soir-là, dans sa chambre. « Elle l'a fait », avait-elle dit, et à partir de là nous ne pouvions plus la regarder de la même manière. À partir de cet aveu, elle avait pris vingt, trente, cent ans à nos yeux. Nous dévisagions sans pudeur cette femme d'un peu plus de dix ans notre aînée, détentrice d'un pouvoir surnaturel, que nous pensions désinvolte, sans cœur, mais tellement libre, l'imaginant d'emblée aguerrie à la maîtrise de la naissance et de la mort. Et je la retrouvais là, cette fille qui fumait avec ma mère, alors que j'avais dîné avec elle dans l'appartement du boulevard Raspail deux semaines auparavant. Elle ne voulait d'enfants avec personne, avait confié – hurlé – mon amie. « Avec personne ! » Douce, réservée, devant moi. Me revenaient en mémoire ces dîners, pris seule avec mon amie du boulevard Raspail parce que son père avait cette « nouvelle copine » depuis quelques mois et qu'il n'était plus beaucoup là. « Une fille jeune », avait dit mon amie, amenée une ou deux fois dans l'appartement. Une fille, je m'en apercevais maintenant, dont mon amie avait tout fait pour minimiser l'importance. Jusqu'à la discussion sur l'avortement. Lorsqu'elle avait ouvert la porte de l'appartement, je l'avais enfin découverte, « cette fille jeune », douce, qui occupait de plus en plus de place boulevard Raspail. C'était sans doute là que ma mère l'avait rencontrée, pour le père de mon amie, en dehors de notre présence, loin de nous, « les filles ». Elle aussi avait distribué des tracts. J'en étais témoin. Peut-être même figurait-elle en négatif sur ma pellicule. En négatif également, soudain je le comprenais avec stupeur, dans la vie de ma mère, et par conséquent dans la mienne depuis plus longtemps que je ne l'imaginais, protégeant peut-être sa fuite, lisant les même livres, partageant – depuis quand ? – le mystère de ses journées parisiennes en semaine, alors que moi, croyant exalter ma vie de banlieue et éblouir ma mère, j'étais celle qui, le week-end à Paris, n'avait rien vu, n'avait rien compris de leur résolution secrète, de la progression de leur idéal. Et peut-être de leur amitié.

Du fond du bar où je m'étais réfugiée, j'ai soudain décidé de partir. Il le fallait. J'ai frôlé leur table. Lentement. Encore sous le coup de cette révélation. Dans mon dos, il m'a semblé qu'on me parlait. À moi ? C'était sa voix, la voix de ma mère, exhumée de ma mémoire. Comme un caillou lancé dans mon dos, un petit coup sec, projectile à la tonalité interrogative. Le bar sentait son odeur. Il m'est venu à l'esprit que je ne savais pas l'année de sa naissance. Elle était sans date, assise là parmi ses sœurs, car beaucoup de nouvelles venues avaient reflué dans cet endroit. Peut-être s'étaient-elles donné le mot. Parmi ces femmes donc, inscrite dans une sorte d'éternité. De sa peau de bête émanait du *Chamade* mêlé aux cigarettes blondes et à l'odeur de ses cheveux. Elle devait avoir eu chaud dans la manif. Elle s'était dégagée de son manteau, le laissant glisser jusqu'aux coudes. Des manches, ses poignets fins émergeaient, tiges fragiles au bout desquelles saillait l'ossature en étoile de ses mains sans bagues. J'ai hésité à me retourner. L'issue était proche. Elle était derrière moi, délestée du luxe déplacé de son vison, ses jambes nues enchevêtrées sous elle, devant un verre contenant un liquide or. Et de nouveau, j'ai senti dans mon dos cette voix, la sienne, me frapper en trois syllabes. Du coin de l'œil, j'ai vu le visage tendu de ma mère, tendu vers mes épaules, vers ma nuque, tendu comme je l'avais été en l'apercevant dans la voiture de M. May, comme je l'avais été croyant saisir sa silhouette dans le centre commercial, comme l'avait été mon père, délirant jusqu'à l'halluciner parmi les tombes du cimetière de la Beauce. Je saisissais enfin la fracture de leur cheminement. Mon père voulait changer de monde. Ma mère voulait changer le monde.

À nouveau les trois syllabes de mon prénom, cloche qui sonne seule, dans le lointain. Elle disait mon prénom. Ce prénom choisi par elle avant ma naissance, renié en son absence, renié dès le début de sa fuite. Ce prénom choisi dans le doute, parce qu'elle ne savait pas si elle attendait une fille ou un garçon, parce qu'elle ne voulait peut-être ni d'une fille ni d'un garçon, ce prénom laissé ensuite, par paresse, faute de mieux. J'ai marché plus vite vers la sortie. Fuir pour vivre. Courir se réfugier sous l'éclat d'avril. Dehors, son appel résonnait encore dans ma tête, tambourinait dans mon dos. À qui s'adressait-elle ? Je n'avais plus de raisons de lui répondre. Je ne m'appelais plus Dominique. Je m'appelais Nathalie. Et ma mère ne le savait pas.

DU MÊME AUTEUR

Aux Éditions Albin Michel

UNE FEMME SANS QUALITÉS, prix Coup-de-cœur *Marie-Claire* du roman d'émotion et Coup de cœur du prix Montalembert, 2009.

Composition IGS
Impression CPI Bussière, juin 2010
à Saint-Amand-Montrond (Cher)
Éditions Albin Michel
22, rue Huyghens, 75014 Paris
www.albin-michel.fr

ISBN 978-2-226-21523-9
N° d'édition : 19423/01. – N° d'impression : 101806/4.
Dépôt légal : août 2010.
Imprimé en France